TRIBULATIONS D'UNE CONCIERGE ALSACIENNE MADAME WATH

tome 3

– NOUVELLE –

RAYMONDE VERNEY

TRIBULATIONS D'UNE CONCIERGE ALSACIENNE
MADAME WATH
NOUVELLE
tome 3

RAYMONDE VERNEY

Du même auteur

Déméter ou les pleurs de l'enfer, 2000, Éditions du Panthéon

Gaïa, 2002, Publibook

Contes à Rebours, Publibook, 2004

Passage des Acacias, Lulu, 2011

Les Contes Express de Remy, éditeur Bod, 2oo7

Les Contes du Magicien Remy, éditeur Bod 2016

Les Contes de la Fée Bleue, éditeur Bod 2012

Calliope, recueil de poésies classiques, éditeur Bookelis, 2015

Histoires de Deux Petits Chats Alsaciens, Bod, novembre 2017

Opus poétique à la demande du cercle des poètes du Sundgau

Les Contes d'Hiver, amazone, 2017

Narvana Amazon 2022

Contes de Noël pour les Petits Amazon 2022

Le Petit lapin de Pâques Even 2023 Bod

Les Dragons Bleus Amazon2023

Contes de Noël pour les plus petits Amazon 2023

Le Petit Lapin de Pâques Swan, Aphia la Petite

Souris bleue,Roza la petite Araignée Rose, Lulu 2024

Les Élucubrations d'une concierge Alsacienne Bod 2019- Miss Rose Cartomancienne à Mulhouse Bod 2019

© 2025 Raymonde Verney
Édition : BoD · Books on Demand, 31 avenue Saint-Rémy,
57600 Forbach, bod@bod.fr
Impression : Libri Plureos GmbH, Friedensallee 273,
22763 Hamburg (Allemagne)
ISBN : 978-2-3225-7776-7
Dépôt légal : Juin 2025

1 Les Hyper Connectés

Que deviennent nos hyper connectés…La Covid a passé par là, mais aucun locataire n'a attrapé cet horrible virus.

Il faut vous dire que les précautions ont été prises dès le départ, la télévision n'avait pas fini de déblatérer sur le sujet, que notre bonne concierge prenait les choses en main tout d'abord, envoyer un e-mail à ses locataires, car il convenait de se réunir en toute urgence afin de mettre une stratégie au point et, bien entendu, de partager un moment de convivialité.

Les courriels tombent dans les boîtes, qui n'attendent que cela.

Le message de madame Frelon est le suivant,

– Mes chers hyper connectés (alors, notre brave concierge a sorti son Larousse, son statut de concierge hyper connectée ne lui permet pas de faire d'erreurs de langage ou d'orthographe)

Vous savez qu'un virus des plus dangereux sévit sur notre planète, de jour en jour le péril augmente. En tant que concierge hyper connectée et responsable de la sécurité de chacun d'entre vous, je vous convie à une réunion dans laquelle prime l'urgence absolue.

Veuillez me faire part de vos disponibilités

Je vous propose quelques dates et horaires

Mercredi soir à vingt heures

Vendredi soir à vingt heures

Amicalement,

Votre concierge hyper connectée

Lisette relit plusieurs fois son e-mail avant de l'envoyer à tous les locataires (sauf les Dariant)
À madame Meyer, son amie, au bon curé Bernard et au coach Denis.
Les locataires sont toujours à l'affût de courriels, alors celui-ci est le bienvenu.
Tous optent pour le vendredi soir. Chacun apportera un gâteau ou une tarte, et miss Ruffaut, sa tarte Tatin.
Phil prendra avec lui deux paquets de café, Rose confectionnera une tarte aux pommes, madame Winch se rendra à la boulangerie la plus proche pour acheter de petits gâteaux, son four est cassé, Phil le peintre le réparera dès qu'il en aura le temps, c'est promis.
Madame Buiron arrivera avec sous les bras des meringues Chantilly, sa spécialité, et monsieur Quito ? Il achètera des madeleines et des macarons chez son pâtissier « La galette dorée ».
Monsieur le curé viendra en soutane avec le missel dans les mains, il veut impressionner les locataires, son péché mignon, son côté comédien et puis sa gourmandise sera pardonnée par le Seigneur, il n'en doute pas.
Denis est prié par madame Frelon de ne rien apporter. Inévitablement, il dîne ou déjeune régulièrement chez ses amis Lisette et Alphonse.
Les mignonnes petites bêtes d'appartement, je parle du

perroquet Philleas et de Brutus, le chat, sans oublier le chat Ange que possède Marguerite Winch, auront de quoi occuper leur soirée, si, si, je vous l'assure.

Je vous en parlerai lors de cette mémorable soirée où le virus n'aura qu'à bien se tenir, la rue du Rivoli décidera de son sort. Il m'incombe de vous donner des nouvelles de chaque locataire, je débuterai par miss Ruffaut.

2 Miss Ruffaut Son Plan.

A-t-elle cherché et trouvé un emploi, vous connaissez la réponse, c'est non ? Cependant, le pôle emploi l'avait mise en garde : si elle n'acceptait pas au moins un petit travail, son allocation chômage serait coupée.

Bien sûr, la petite maline a été caissière durant un mois, pas plus dans un magasin d'alimentation pas grand, elles étaient quatre caissières, mais vous connaissez la rapidité de miss Ruffaut ! Dès la première semaine d'embauche provisoire, elle voit avec stupeur débarquer les Dariant.

Nous sommes un vendredi à huit heures du matin et nos chers Dariant font leurs courses.

Sophie se réjouit, elle va se régaler, car, bien entendu, arrivés à la caisse de Sophie, ils ne la reconnaissent pas, précisons qu'ils ne se rencontrent guère sur le palier ou dans les escaliers. Les horaires de miss Ruffaut ne correspondent pas avec ceux des Dariant.

Ces derniers sont des radins avérés, ils impriment tous les bons de réduction existant sur la planète Internet et les font déduire du prix final à payer. Lorsque les caissières les voient arriver, elles essayent, en se donnant le mot, de filer aux toilettes, où elles mettent un temps fou à passer les articles en caisses d'un de leurs clients.

Cette fois-ci, c'est à miss Ruffaut d'être de corvée. Elle les salue, eux, ils frôlent l'apoplexie en voyant une des locataires de la rue du Rivoli.

C'est en tremblant et d'une main gantée, en prenant une telle distance, que Sophie doit leur demander de se rapprocher, qu'ils lui présentent les bons précieux

— Sophie, comment voulez-vous que je déduise vos nombreux bons de réduction si vous me les tendez de si loin, il m'est interdit de me pencher, je souffre horriblement du dos.

Les Dariant portent déjà des masques, alors que ce n'est pas encore obligatoire, je précise.

Miss Ruffaut appelle sa responsable, elle a des doutes sur certains bons, madame Daht apprécie la conscience professionnelle de sa nouvelle employée.

—Monsieur Dariant, tout est en ordre, je les ai imprimés moi-même !

— Madame Daht est une maniaque, elle revérifie chaque bon de réduction que lui tend sa caissière et en cherchant bien, elle découvre deux bons dont la validité a expiré. Elle les déchire victorieusement et rend les autres à la caissière dont l'humilité est exemplaire.

Ces chers radins suffoquent, mais de peur de perdre de l'argent,leurs autres avoirs, ils se taisent. Sophie triomphe !

Après un mois de dur labeur, notre ex-chômeuse désire réintégrer le marché du travail comme profileuse du pôle emploi. Elle sait y faire, sa lenteur hors du commun s'est aggravée et notre caissière chevronnée est convoquée à la direction, la suite, vous connaissez.
Non; vous ignorez tout, je m'empresse de vous informer du stratagème employé par Sophie pour se faire licencier.
Un soir, après une longue journée de travail fatigante, miss téléphone à son ami de cœur, Jean et à John son ami.

— Venez vite, il faut m'aider, je n'en peux plus.
Elle maille Rose, la cartomancienne, qui accepte de venir passer la soirée chez la future chômeuse, avec Phil.
Les deux compères se pointent chez la damoiselle, qui leur a préparé des sandwichs et du café.
— John, que se passe-t-il, Sophie ?
— Jean a compris, elle veut arrêter de travailler, c'est sûr, pas vrai, ma chérie ?
— Sophie, je suis au bord du burn-out. Un mois à me farcir tous les tarés de la planète, c'est trop, il me faut retrouver ma quiétude de chômeuse.
— John, c'est évident, le travail, ce n'est pas pour nous.
Les deux amis sont bien d'accord avec lui.
— Jean
Je ne suis pas absolument contre le boulot, mais une heure, voire deux heures par jour, notre fragile constitution n'en

supporte pas davantage.
—Miss Ruffaut, comme tu parles bien, tu es un réel psychologue.

Rose toque à la porte et est introduite par un John dans d'excellentes dispositions, les jeux de rôle, il adore, surtout quand c'est pour berner le pôle emploi.
—John, j'ai apporté un outil de la plus haute importance, voyez plutôt, il sort d'un sac plastique une caisse miniature, un jouet d'enfant.
—John, nous allons nous entraîner. Je distribue les rôles : Sophie, tu es la dactylo, Jean, tu es le client mécontent obligé d'attendre que la caissière se mette à travailler. Rose, tu es la chef des caissières et moi, je suis le directeur du magasin.
Les compères s'amusent déjà. Ils aiment jouer la comédie, et, avouons-le, ils y réussissent fort bien.
Trois coups légers à la porte, Phil vient rejoindre l'honorable assemblée.
— John, Phil, tu es le metteur en scène, OK
— Phil, vous vous amusez à quoi ?
— Sophie, je souhaiterais être licenciée, je suis au bord du burn-out au bout d'un mois , donc nous allons mettre un plan d'action en route
— John, j'ai apporté un outil de la plus haute importance, voyez plutôt, il sort d'un sac plastique une caisse miniature, un jouet.

—Phil, oui, je vous suis

Rose lui sourit, ils se comprennent et cette mise en scène les amuse.
— John, on commence. Sophie, assieds-toi derrière la caisse enregistreuse et n'oublie pas ton dos douloureux.
Jean a pris au hasard sur la table un paquet de biscuits qu'il tend à la caissière. Il est dans de bonnes dispositions, les jeux de rôle, il en raffole. Notre caissière s'apprête à tiper le prix du produit, elle s'étire, gémit et soupire
— Ah ! Ma souffrance est insupportable. Son visage exprime une réelle douleur. Le client commence à s'impatienter.
— Jean, je compatis, mais il faudrait vous soigner, madame, alors vous tipez ces biscuits, oui ou non ?
Miss Ruffaut pose un doigt, puis un autre sur le clavier ; elle se ravise et s'étire de nouveau.
Cette fois-ci, le client est excédé
— Jean, je change de caisse, vous êtes incapable d'effectuer votre travail.
Les regards se tournent vers Phil, le metteur en scène
— Phil, ce n'est pas mauvais, Sophie, sois plus convaincante, en vérité, la chose qui doit te préoccuper est ta maladie, ton dos.

— Jean, plus de colère ne nuirait pas à la scène.
On recommence : Sophie, au lieu de tiper les articles du client, se tient le dos et soupire : « J'ai mal, il me faudrait un onguent. » Dit-elle, s'adressant au client, ne pourriez-vous pas vite aller à la pharmacie du coin m'acheter un baume ; je garde vos articles,

aucun client ne vous dépassera , je vous le promets.
— Le client Jean, mais j'ai l'impression que vous délirez. Si vous êtes malade, restez à la maison.
Une cliente appelle la responsable de caisse, qui arrive en courant (Rose).

—La responsable, que se passe-t-il ?
Le client raconte les lubies de la caissière et madame Daht est hors d'elle.
—Sophie, quittez votre emploi et attendez-moi dans le petit bureau, puis s'adressant, à Jean, excusez-nous, monsieur, je vais la remplacer et tiper vos articles.
—Phil, tu n'es pas mauvais du tout. Rose, tu ferais une excellente cheffe de caisse. Jean, en tant que client mécontent, tu es convaincant.

—Sophie, bien joué l'histoire du baume.
La suite, il s'ensuit un blâme et un avertissement, récidive de la caissière, convoquée chez le directeur.

—John, je prends mes nouvelles fonctions.

—Sophie, bonjour, monsieur.

—John, bonjour, je vais droit au but, vous êtes d'une lenteur à faire pâlir de jalousie un escargot, vous divaguez, ne voilà-t-il pas que vous demandez à un client d'aller vous acheter un baume pour soigner votre dos !

– Une cliente, une habituée, vous la harcelez pour qu'elle vous donne soixante c. afin de boire un café, au motif que votre salaire ne vous permet pas d'extras !
Au bon docteur D... qui vient, lui aussi, faire ses courses régulièrement, vous lui montrez votre dos et vous l'implorez pour qu'il vous examine sur le champ, car il vous faut un diagnostic valable (je précise que ce jour la file d'attente des clients était fort importante).
Je suis dans l'obligation de vous licencier, il vous faut des soins psychiatriques, nous ne pouvons pas vous garder dans notre magasin. Vos indemnités de licenciement vous seront versées de façon correcte et vous irez de nouveau pointer au chômage, mais songez à vous faire soigner, madame.

– Sophie quémande l'approbation du metteur en scène (Phil) Puis, elle se met à pleurer, et se lamenter.

– John, je peux vous affirmer que oui, je connais bien notre chômeuse, l'appel de Pôle emploi est trop fort, elle ne peut pas lutter, c'est impossible, elle est faite pour glander.

–Sophie, comment puis-je aider ma vieille mère malade? Payer mes factures, mon loyer ? J'ai tellement envie de travailler, mais j'avoue que mon état de santé ne le permet pas hélas !

Le directeur lui fait comprendre que l'entretien est terminé

— Au revoir, madame, bonne chance pour la suite
— Phil tout a été mis au point, Sophie, auras-tu le toupet de. mettre ce plan à exécution ?

3 Les Autres Locataires

Effectivement, Sophie a mis son plan à exécution, elle est chômeuse !

Elle est convoquée la semaine prochaine à Pôle emploi, elle modulera son rôle selon la matrone qu'elle aura en face d'elle ; en principe, les employés du sexe masculin ont abdiqué depuis longtemps, miss Ruffaut l'a bien compris .

Monsieur Tunod est sur le point de rompre avec sa préparatrice en pharmacie, la dame a grossi de dix kilos en six mois

— Monsieur Tunod, tu devrais surveiller ton poids, lorsque je t'ai connue, tu étais ronde et là, tu pars dans l'obésité, pas encore morbide, mais si tu continues.

On est loin des galanteries du début,la préparatrice se vexe, boude et… mange.

La relation s'effiloche et notre professeur ne répond plus aux messages de sa colombe. Le surpoids, cela peut passer, mais l'obésité non !

Madame Feuilly s'entend fort bien avec Léon, qui l'encense et lui offre de beaux cadeaux. Éveline n'a pas pris un gramme , non, je puis vous l'assurer, elle a pris deux kilos et ses robes qu'elle réintègre en se boudinant ne l'avantagent guère. Mais hors de question d'accepter sans se rebeller ce surpoids insolent.

Alors, Éveline se bat tout d'abord contre sa balance dont elle se méfie, elle la relègue dans une cage à pie, quant au miroir, elle le traite de noms d'oiseaux et puis en se contemplant de loin, finalement, le reflet que lui renvoie cette glace récalcitrante peut être acceptable.

Monsieur Quito continue sa vie de retraité paisible entre les sons vociférants de sa télé ou de sa radio. Il est fort occupé à ennuyer les Dariant.

Arrosage spontané et non calculé des plantes, le vendredi, comme par enchantement. Quelques gouttes, allez, on va être large, beaucoup de gouttes s'égarent sur le parapluie des Dariant.

Je m'explique : ces chers voisins, les Dariant ont un rituel bien établi, faire leurs courses le vendredi matin à huit heures.

Facile pour le rusé vieillard de guetter leur sortie et d'arroser ses plantes. Les radins .com ont pris l'habitude d'ouvrir un parapluie pour se protéger (de la pluie), madame Dariant s'est équipée d'un imperméable et monsieur a fait de même, Philléas à la charge importante d'exciter les chats de gouttière, qui, furieux, sautent sur la voiture des radins, un spectacle à ne pas louper, je vous le recommande chaudement.

Madame Winch plus dévote que jamais, est l'assistante de monsieur le curé, une nouvelle fonction qui la rend très fière.Je m'explique : son travail consiste à vérifier le vin de messe, à changer les fleurs, à s'occuper de la propreté de l'église

(monsieur le curé a une femme de ménage une fois par semaine), à accompagner quelquefois son cher curé dans ses déplacements afin de visiter des nécessiteux.

Madame Buiron, qui reste toujours amie avec sa voisine, aide bénévolement la SPA de temps à autre. Comme vous pouvez le constater, ces dames sont très occupées.

Rose et Phil le peintre ont décidé d'emménager ensemble, ce qui libérera l'appartement de la cartomancienne. Les deux amoureux l'annonceront officiellement lors de la réunion organisée par la concierge, madame Frelon.

Denis, le coach, se porte bien, il est l'enfant gâté de la rue du Rivoli, il a une famille à présent, il a pris de l'assurance .

Il donne un coup de main à monsieur Quito, histoire de discuter et de boire un café. Il promène madame Winch et monsieur le curé lorsque ces derniers rendent visite à des pauvres.

4 Le méchant virus

Vendredi soir, madame la concierge porte une robe ornée de violettes, un semi-deuil, car l'heure n'est pas à la rigolade, comme à son habitude, elle a soigneusement répété les phrases qu'elle prononcera.
— Chers amis, nous voici tous réunis pour discuter des mesures à prendre au sein de notre résidence afin d'enrayer ce virus. Vous avez entendu, tout comme moi, qu'il faut porter des masques chirurgicaux et se laver les mains le plus souvent possible, avec un gel désinfectant.
Si vous avez des suggestions à faire, n'hésitez pas, nous sommes là pour débattre, mais, avant toute chose, prenons une légère collation, qu'en pensez-vous ?
(La collation, vous connaissez ! Une heure à se partager les gâteaux, les tartes à boire du café)
— La sonnerie retentit, va voir Alphonse
Devinez qui arrive en retard. Monsieur le curé, l'air bonhomme et innocent, lorgnant les gâteaux avant les hyper connectés
Les hyper connectés sont présents, ils ont tous opté pour le vendredi soir, c'est plus détendu : Phil, le peintre, assiste à la réunion ainsi que le professeur, monsieur Tunod, célibataire à nouveau.
Notre bonne concierge commence par son sempiternel discours, qu'elle a répété moult fois à la conciergerie.
— Madame Frelon, chers amis, nous voici réunis pour prendre des

décisions qui s'imposent et qui sont devenues incontournables. La télévision a annoncé qu'il fallait porter un masque, les magasins non essentiels fermeront leurs portes, mais où allons-nous ?

Il nous faudra acquérir du gel hydraulique pour nous désinfecter les mains.

— Madame Feuilly les masque, c'est le plus urgent, il se raconte que ce virus se propage à une allure démente, où acheter ces derniers ?

Tous les regards se posent innocemment sur Rose, qui a compris et propose immédiatement de confectionner les masques exigés.

— Rose : choisissez le tissu qui vous plaît. Je me chargerai du reste. Je travaille à domicile ; un employé viendra m'apporter les retouches et emportera le travail que j'aurai fait.

— Soupirs ! Miss Ruffaut n'est pas trop en colère, Pôle emploi lui foutra la paix ! Quelle chance, ce confinement tout de même !

— Madame Frelon, je manque à tous mes devoirs, prendrez-vous (elle a hésité, non, elle ne roulera pas les r : il faut le faire devant des gens d'importance, les voisins, c'est presque comme la famille, soyons naturelle) du café, du thé, du gâteau ?

Les gâteaux défilent et s'évaporent aussi vite qu'ils apparaissent, ils sont trop bons.

Madame Winch semble perturbée, elle craint pour l'église de monsieur le curé, les fleurs qu'elle change au quotidien, si elle est confinée, elle ne pourra plus nettoyer et dépoussiérer l'autel.

— Monsieur le curé s'aperçoit du trouble de sa paroissienne

— Marguerite, que se passe-t-il ?Vous êtes pâle et vous tremblez.

Marguerite se met à pleurer, l'église, Bernard, je n'ai plus le droit d'aller à la messe.

— Monsieur le curé, vous plaisantez, l'église est un commerce essentiel.Nos paroissiens ont un réel besoin de prier, nous ne changerons rien à nos habitudes. Si, nous porterons un masque et le gel hydroalcoolique sera le voisin de l'eau bénite. Êtes-vous rassurée ?

Madame Winch se sent mieux, elle remercie monsieur le curé d'un sourire timide.

Monsieur Quito est ennuyé, ainsi les Dariant n'iront plus faire leurs courses, ces radins ne vont pas se faire livrer les provisions, suis-je bête ? L'alimentation est un commerce essentiel, c'est bon.

5 Les masques, le journal interne

— Madame Feuilly, nous commanderons le tissu pour les masques sur internet, nous pourrions grouper les envois, qui veut s'en occuper ?
Alice Buiron et Marguerite Winch sont hypnotisées par le fond de leurs tasses (sans doute lisent-elles leur avenir dans le marc de café)
Monsieur Quito est pris d'une subite quinte de toux, monsieur le curé est de toute évidence en visioconférence avec le Seigneur.
Miss Ruffaut lève la main, mais le professeur, monsieur tunod, la devance, la lenteur de Sophie est légendaire et si elle s'occupait des commandes, le virus aurait le temps de sévir méchamment.
— Monsieur Tunod, je veux bien m'en occuper, faire une commande collective si vous êtes tous d'accord
Bien sûr, ils le sont tous
S'ensuit un débat où la politique du gouvernement est vivement critiquée:ils savaient, les masques au début, pas utiles, et maintenant, ils sont imposés…
La lenteur de l'administration est épinglée, Sophie peut en témoigner, elle n'a pas encore touché ses indemnités de chômage, c'est un vrai scandale ; tous la plaignent et proposent de l'aider financièrement.
— Sophie, je vous remercie mes amis, mais je ne fais jamais de dettes, et puis j'ai un travail d'appoint, je matche des profils de

candidats à l'amour sur Amour.com.
– Monsieur Tunod, la voix de Rose s'élève, si vous le permettez, c'est moi qui m'occuperai de commander les tissus pour les masques, ce n'est pas votre rôle voyons.
Soulagement, on respire enfin !
– Rose, demain après-midi, je vous propose de venir chez moi, nous prendrons une petite collation (qui, comme vous le savez à présent, dure une heure avant de commencer les débats, Rose le sait, elle a tout prévu)
– Phil, nous avons une grande nouvelle à vous annoncer. Rose et moi-même emménageons ensemble, l'appartement de ma compagne sera libre et notre gentille concierge pourra en disposer pour un nouveau ou une nouvelle locataire.

– Le chœur, félicitations, nous sommes heureux pour vous. Et quand emménagez-vous afin de pouvoir vous aider ?
– Phil, comme c'est gentil, nous aurons, en effet, besoin de main-d'œuvre et nous sommes prêts à vous indemniser.
– Le chœur, non, ne nous vexez pas, nous sommes des voisins, des amis.
– Rose, dans ce cas, vous prendrez les repas chez moi, je cuisine plutôt bien et, dès que vous aurez une retouche à faire ou que vous désiriez vous faire faire une nouvelle robe ou un autre vêtement, je serais à votre disposition. Je travaille à domicile un employé de ma maison de couture viendra chercher les retouches ou les coutures effectuées chaque semaine.

– Madame Frelon, j'ai fait mettre une annonce et j'attends les candidatures, car, évidemment, n'importe qui ne viendra pas habiter dans notre petit immeuble bourgeois.
Vous décrire l'air suffisant de la concierge lorsqu'elle prononce ces paroles si importantes, aux yeux des résidents de la rue du Rivoli, est impossible à décrire.
Les hyper connectés se redressent et surenchérissent aussitôt.
– Madame Feuilly ,nous ne sommes pas de simples quidams.
– Monsieur Quito, nos dons sont exceptionnels ;
– Madame Buiron, je ne connais personne qui à notre âge, surfe sur la toile
— Madame Winch, modeste, sourit.
– Monsieur le curé, c'est vrai, vous n'êtes pas des personnes ordinaires. Simultanément, il lorgne la dernière part de tarte Tatin et se dit qu'il faudrait passer à la vitesse supérieure.
– Madame Frelon, j'ai pleins pouvoirs, le propriétaire me donne un seing blanc, je me montrerai intraitable sur les références du ou de la futur(e) locataire.
– J'exigerai trois mois de loyers payables à l'avance, qu'en pensez-vous mes chers voisins, amis ?
– Le chœur, bien évidemment
– Monsieur Tunod, allez-vous mettre une annonce dans le journal des résidents, chère madame Frelon ?
– Lisette se rengorge, bien sûr, professeur, j'ai attendu que Phil et Rose annoncent officiellement leur vie en commun.
Les résidents de la rue du Rivoli ont un journal interne où sont

annoncés les événements les plus divers (le journal paraît tous les trois mois) ; je vous donne quelques exemples.

Au mois de septembre, le robinet de madame Winch a fui, la résidence, dont notre aimable concierge, madame Frelon, a la responsabilité,a fait venir un plombier, qui a facturé 500 € pour son intervention. Le chat de madame Buiron a disparu deux jours, il se cachait dans le parc jouxtant la résidence, frayeur de sa propriétaire, mais, grâce à la célérité des résidents, Brutus a été retrouvé sain et sauf. Une rage de dents subite a fait horriblement souffrir Éveline Feuilly, nous sommes tous allés chez le dentiste, monsieur Lecour, à 23 heures, le chirurgien-dentiste a pratiqué l'ablation d'une molaire. Ce n'est pas tout, nous nous sommes rendus à la pharmacie de garde pour chercher les médicaments, afin de calmer la douleur de notre chère Éveline. La tête du pharmacien (il voyait des ovnis pour la première fois de sa vie.)

Madame Frelon s'est foulée la cheville au mois d'octobre, nous l'avons secondée dans son travail en sortant les poubelles, en récurant les escaliers. Denis, le coach, a effectué la majeure partie du nettoyage,parce que notre gentille concierge a refusé de se mettre en arrêt maladie.

Madame Feuilly et monsieur Tunod sont les rédacteurs en chef.

Le jour où nos journalistes préparent les textes réfléchissent sur leurs contenus,je puis vous assurer que l'on n'entend nul bruit dans la résidence du Rivoli.

Notre brave concierge, y veille personnellement.

Les portes se ferment en douceur, on parle à voix basse et on marche à pas feutrés, il ne faut pas déranger nos grands penseurs.

Comme je vous l'ai précisé plus haut, ce journal interne paraît tous les trimestres et, chaque semaine, les locataires de la rue du Rivoli se réunissent (une fois de plus) afin de délibérer gravement sur les sujets qui retiendront l'attention des lecteurs.

Ce journal est distribué dans les boîtes aux lettres individuelles, ne vous formalisez pas, oui, je sais, c'est bizarre !

Nos hyper connectés, ne jurent plus que par le web. Cependant, il faut savoir faire une entorse à ces convictions lorsque l'urgence de la situation l'exige.

Le journal interne doit physiquement exister, il est imprimé par Denis en beaucoup d'exemplaires, le gentil coach a compris qu'il fallait distribuer ce journal dans d'autres résidences avoisinantes qui sauraient être intéressées par cette initiative géniale.

Chose surprenante, cela fonctionne, le journal interne de la rue du Rivoli connaît un certain succès au point qu'un journaliste, de la rédaction du journal de la région du Grand Est, a sollicité une entrevue avec les résidents. Imaginez la joie de ces derniers lorsque Lisette, plus rouge que la robe ornée de coquelicots qu'elle arbore ce matin, leur a annoncé la grande nouvelle.

L'article a fait sensation, il a été multicopié accroché dans chaque habitat, dans le couloir de la rue du Rivoli, il y en a au minimum à chaque palier, Denis le coach a perfidement distribué le journal interne aux professeures d'école qui en sont devenues vertes de jalousie. Si le journal interne connaît un tel engouement le curé de Sainte-Marie, Bernard y est pour quelque chose. Depuis quelque temps, il participe à la rédaction des textes. Il a demandé s'il était possible de lui accorder une tribune où il raconterait à ses chers paroissiens et paroissiennes les derniers événements importants de son église Sainte-Marie.

Je vous donne quelques exemples et, croyez-moi, la liste est longue.

Ce dimanche, le sermon de monsieur le curé Bernard a été très apprécié par les fervents catholiques, le brave curé parle du péché de gourmandise.

– Mes chers paroissiens, paroissiennes, la gourmandise est un péché, la nourriture doit être appréciée et remerciez le Seigneur de vous l'accorder au quotidien.

Autre nouvelle, l'appel aux dons a été entendu et, grâce à votre générosité, nous avons pu acheter des cierges blancs, une nappe blanche (également) madame Winch change les fleurs plusieurs fois par semaine, ces fleurs sont achetées grâce à l'argent que vous avez donné sans hésiter.

Les bigotes s'arrachent le journal interne, madame Frelon en a une pile à la conciergerie, Denis à l'association informatique et monsieur le curé possède toute la collection en multiples exemplaires.

Bernard est un habile commerçant, les infos sont gratuites, bien évidemment, mais son sourire suave en dit long.

– Monsieur le curé, je pense à notre chère paroisse. Les temps sont difficiles et les travaux de rénovation sont coûteux.

Les pratiquants ont pris l'habitude de mettre soit un billet, soit des pièces dans le petit panier placé à côté de monsieur le curé. (Ce dernier, malin, a pris le soin de mettre des billets de dix ou de cinq euros afin d'inciter les bons catholiques à mettre la main au portefeuille.)

La vente, car il faut parler de vente, se passe au presbytère, une longue table derrière laquelle trône le curé de Sainte-Marie, des images saintes en grand nombre sont posées sur la table (à acheter bien évidemment).

Les pieuses paroissiennes ne manqueraient ce rendez-vous trimestriel sous aucun prix.

Denis s'occupe de l'impression dudit journal, il connaît un imprimeur pas très cher et nos résidents, mettent la main à la poche. Rose, en se proposant de s'occuper des tissus pour confectionner les masques, ignorait ce qui l'attendait vraiment.

– Rose, il serait bon de nous réunir le plus tôt possible demain, samedi après-midi, cela vous conviendrait? Quatorze heures, Évidemment cela leur convient

– Phil, nous vous recevrons avec tous les égards dus à des voisins amis, surtout, n'apportez rien.

Le lendemain, à l'heure convenue, les hyper connectés sonnent chez Rose, tous ont apporté soit un gâteau, soit des chocolats, du café, des fleurs, Rose est émue, jamais, dans sa vie difficile, elle a été gâtée ainsi, Phil est touché, ces résidents sont vraiment sympathiques.

On festoie pendant une bonne demi-heure lorsque la sonnette se fait entendre
— Tiens, Bernard, entrez, nous vous attendions,
Monsieur le curé, sans soutane, lorgne les nombreux gâteaux entreposés sur la table. Rose sert son hôte avec plaisir, elle apprécie ce curé excentrique, mais si sympathique.

Phil cherche des sites de vente de tissus, il trouve divers magasins et les étoffes ne manquent pas .
Nos résidents, se sentent importants, les masques se doivent d'être à leur image, exceptionnels,tout simplement.
Madame Frelon aimerait un tissu pratique, lavable avec des roses.
Madame Feuilly opte pour un masque aux couleurs pastel, monsieur Quito veut le drapeau français, madame Buiron, vous l'aurez deviné, aimerait posséder un masque avec une image de chat,pour Marguerite Winch une sainte fera l'affaire .
Miss Ruffaut désire des cœurs rouges, monsieur Frelon laisse sa femme décider pour lui,donc Lisette opte pour un masque avec une canne à pêche.
Monsieur Tunod apprécie le bleu et Denis, le coach, laisse le choix à sa chère concierge. Ce sera un masque avec des mini-ordinateurs comme motifs.
Rose est nerveuse, comment pourra-t-elle dénicher ces tissus, il faudra visiter de nombreux sites, c'est sans compter la diligence de Phil le peintre ; ce dernier dirige les opérations, il fouille

l'ordinateur, il visite d'innombrables sites et, dès qu'il trouve un tissu qui pourrait convenir, il appelle l'heureux élu et lui soumet le choix de l'étoffe .
L'après-midi se passe à boire des cafetières préparées par Rose, qui est détendue puisque Phil gère les demandes des résidents. Les gâteaux fondent à vue d'œil. Denis aura plusieurs parts mises de côté par notre gentille concierge, monsieur Frelon également.

Monsieur le curé doit partir, il prépare la messe pour demain matin.
Après de longues palabres, le peintre groupe les commandes.
Il paye avec sa carte bancaire, les hyper connectés protestent, mais Phil leur répond qu'il leur présentera la facture plus tard.

– Phil, j'ai été obligé de commander le minimum vital, donc vous aurez chacun plusieurs masques à disposition, ce qui est plutôt bien.
Les résidents ne veulent rien entendre, ils brandissent soit une carte, soit un chèque, soit des billets.
– Le peintre, ne soyez pas pressés, chers voisins.

6 Le Gel Salvateur

— Madame Frelon, j'allai oublier, nous devons acheter du gel hydroalcoolique, car se désinfecter les mains est essentiel
— Phil, combien vous, en faut-il, chère madame, puis se tournant vers les résidents, si vous le désirez, je ferai une commande groupée.
— Tous sont d'accord.
— Lisette, quelques litres.
— Madame Feuilly, oui, des bidons, cela va de soi.
Le peintre les ramène à la raison, je propose un bidon de cinq litres pour notre chère concierge qui en aura l'utilité, vu le travail important qu'elle effectue dans la résidence,pour les autres, quelques flacons de gel hydrocoolique seront suffisants, êtes-vous d'accord ?
Ils le sont tous
Monsieur Quito se précipite et brandit sa carte bancaire, cette fois-ci c'est lui qui payera.
— Il rajoute : grand seigneur, nous verrons plus tard pour la facture, mes chers voisins.
Tous le remercient avec reconnaissance.
Madame Frelon relance un débat qui leur tient à cœur
— Monsieur le curé ne parle plus de notre chorale Sainte-Marie depuis cette répétition un peu loupée, je vais lui en toucher deux mots, qu'en pensez-vous ?
— Madame Winch, oh oui, j'aimerais chanter des cantiques

sacrés.

Les autres se montrent moins enjoués, les cantiques, ce n'est pas trop leur truc.

— Monsieur Quito, nous avons légèrement déraillé, mais ce n'était pas si mauvais que cela

—Éveline Feuilly, nous avons du potentiel. Il faudrait que nous puissions régulièrement nous exercer, mais, depuis un mois, le curé ne nous sollicite plus.

Avouons que l'exercice a été lamentable,le brave curé ne s'attendait pas à un tel désastre et, en ce moment même, il ne sait pas comment leur suggérer d'abandonner toute idée de chanter.

C'est sans compter avec les hyper connectés qui sont persuadés d'avoir tous les dons et certains continuent de chanter chez eux et d'agacer les oreilles du voisin ou de la voisine, qui ne songent pas à se plaindre puisqu'ils chantent eux aussi.

Les quelques bons catholiques venus se recueillir le jour de l'exercice de la chorale en devenir sont repartis très vite en se demandant si l'enfer n'était pas préférable à ces chants inaudibles. Pour le moment, le curé de ste Marie se dit débordé de travail et insensible aux prières de Marguerite Winch, refuse de réunir la prétendue chorale pour un nouveau désastre.

Marguerite est certes timide, effacée, mais, quand il s'agit de l'église Sainte-Marie, elle se sent capable de tous les courages. Dimanche prochain, ce sera son tour d'inviter les résidents,car
les habitants ont gardé cette habitude de s'inviter à déjeuner le

dimanche soit chez ou chez l'autre, sauf pour Sophie Ruffaut, monsieur Tunod où la bonne concierge se charge de tout. Ainsi, la pieuse femme proposera aux résidents des exercices de chant qu'elle dirigera. Il s'agira de chants pieux, évidemment.

Depuis, en plus de leurs repas dominicaux qui n'ont rien de frugal, les hyper connectés vocalisent et... progressent sous la houle de Marguerite Winch. Lorsqu'ils seront fin prêts, monsieur le curé les auditionnera de nouveau. Il est admiratif devant les progrès de ses ouailles, et devant la détermination de sa fidèle paroissienne.

Les Dariant sont très en colère, lorsqu'ils entendent chanter, ils ouvrent leur porte, écoutent et la referment avec douceur, il ne s'agit pas de l'abîmer, donc pas de mouvement de colère.

Les charmantes bêtes dites de compagnie n'ont guère changé : le chat de madame Buiron est toujours sournois, il continue de jouer au grand frère avec Ange, le petit chat de Marguerite Winch. Le chat de Gargamel a beaucoup de projets, détrôner l'horloge murale qui sonne toutes les heures et interrompt ses siestes, il se donne du mal et, croyez-moi, il arrivera à ses fins.

Le perroquet de monsieur Quito n'est jamais présent lors des déjeuners que donne le brave homme, et pour cause cette volatile sans cervelle (paroles de monsieur Quito) refuse de répéter les phrases charmantes que le vieux roublard a élaborées à l'intention des résidents .

Pire, Philléas a rajouté des horreurs entendues, on ne sait où :

Genre madame Buiron vieille taupe, madame Winch folle du curé.

Ce charmant oiseau a tout de même dû entendre ces phrases sortir de la bouche de son maître ?

Monsieur Quito se voit obligé de confier le perroquet à sa fille Aline lorsqu'il reçoit les hyper connectés et les résidents. Tous aiment voir ce bel oiseau. Alors, pourquoi ne pas faire plaisir aux voisins et aux amis ?

Impossible, Eugène trouve des excuses fallacieuses, Philléas est trop bavard, il accapare la conversation, certains ont compris que l'oiseau disait des obscénités, des choses inconvenantes qui froisseraient les hôtes de monsieur Quito ainsi, ils n'insistent pas.

7 Malaise de Monsieur Quito:
Les Dariant

Les Dariant feront bientôt leurs courses demain à huit heures du matin, suite aux infos dramatiques. Eugène le sait, il connaît le couple de radins. Pour une fois, pas d'arrosage de géraniums, non ! Le vieux roublard attend le retour de ses voisins. Il ouvre la porte, descend l'escalier en se tenant à la rampe, Philléas sur son épaule gauche. Simuler un mal de dos imaginaire, faire semblant de perdre l'équilibre, facile.
Les Dariant contrariés voient monsieur Quito claudiquer en se tenant la hanche.
– Bonjour chers voisins, ah, je vois, vous avez déjà vos masques, puis-je vous demander où vous les avez achetés, car moi je peine à en trouver ?
– Monsieur Dariant, nous avons pris nos précautions et les avons achetés en stock sur internet (le site radins.com sans nul doute)
Monsieur Quito gémit et tombe sur monsieur Dariant abasourdi
– Que vous arrive-t-il ? Nous devons garder deux mètres de distance, vous le savez, le gouvernement l'a décrété.
Alors, Eugène se met à crier :
– Comment vous ne voulez pas aider un vieillard en difficulté ? Vous n'avez pas de cœur, je vais appeler à l'aide.
Des portes s'ouvrent, madame Frelon vient soutenir l'infernal

comédien et madame Feuilly accourt aussitôt, toutes les deux regardent les Dariant avec reproches.
—Madame Frelon, venez -vous asseoir un moment dans ma loge.

Les Dariant ont compris le stratagème de monsieur Quito, ils montent les escaliers en portant chacun un bidon de gel hydroalcoolique de cinq litres. Il y en a deux autres à monter, personne ne les aidera.

—Furieuse, madame Dariant explose, nous devrions donner une bonne leçon à ce vieil hypocrite.

—Monsieur Dariant, oui, mais en attendant, désinfectons-nous si jamais il avait la COVID.
Dans la loge de la concierge, monsieur Quito cesse sa petite comédie, il avoue avoir eu envie de se moquer des Dariant

—La concierge, je l'ai compris, mais Eugène, ils sont mes locataires au même, titre que vous, n'exagérez pas.

—Éveline trouve la situation très drôle, elle rit : « Avez-vous vu ces bidons de gel hydroalcoolique, il y en avait cinq, ils sont tarés ? »
—Monsieur Quito, au rythme où ces personnes se désinfectent les mains, les bidons ne tiendront pas longtemps, d'ici à un ou deux mois, vous les verrez en traîner d'autres dans la cage d'escalier.

8 Denis, Les Profs

Je ne vous ai pas encore donné des nouvelles de Denis, le coach. Lui aussi est à la maison, son centre informatique a fermé ses portes à cause du virus ; il fait du télétravail et cela ne l'enchante guère. Et pour cause, les professeures d'école, joviales, sont devenues grincheuses (leur vraie nature) : elles envoient des courriels à tout propos à Denis lui demandant de faire des recherches approfondies sur des sujets hyper ennuyeux (soi-disant, elles n'arrivent pas à trouver le site adéquat).
Exemples : la momie d'Akhénaton, le pharaon rebelle, où se trouve-t-elle ?
Chercher du documentaire sur des fossiles de poissons morts dans la mer Rouge lors d'un cataclysme
À quelle époque Noé a-t-il construit une arche ?
Quel est le plus virulent cratère du monde.
Denis se débrouille, il est malin, il ne recherche pas réellement ; il survole les sites et envoie les documentaires à ces harpies, confinées et privées de tout contact avec les autres humains ou presque, elles donnent libre cours à leurs caractères de femmes aigries.

9 Rose Coud les Masques

Rose travaille à domicile et a une perte de revenu. Les clients(es) ne viennent plus la voir, mais elle sait bien que certains (es) prendront contact avec elle par téléphone, le radin, Rose refusera de lui faire une voyance à distance, vous avez compris pourquoi.
Ainsi, Rose a du temps pour coudre les masques, les tissus ont été livrés sur la cage d'escalier par un livreur pressé de s'enfuir. Au début de la COVID, c'est normal, la panique règne. La jeune femme s'aperçoit qu'elle aura suffisamment de tissus pour coudre six masques à chaque locataire, le surplus sera utilisé pour créer des foulards. Ces hyper connectés sont sa famille, ils l'ont adoptée sans préjugés, et elle a rencontré Phil, le peintre qui va devenir son compagnon.
L'amour passionnel, Rose n'y croit pas, elle est trop lucide pour ne pas savoir que les passions ne durent guère. Elle a un sentiment pour le peintre mitigé, entre attirance physique et confiance totale, c'est bien suffisant non !
Le peintre est plus entier. Rose est la première femme avec qui il se sent en sécurité. Il est amoureux et désire protéger sa compagne des aléas de la vie.
En attendant des jours meilleurs, les expositions sont annulées et Phil a, heureusement, des commandes sur son site web,

mais ce n'est pas suffisant.

Le peintre donne des cours à des particuliers, comment va-t-il procéder ? Maintenant, il utilisera skype, il lui faut un revenu stable, il se débrouillera ; d'ailleurs, les e-mails tombent dans sa boîte, les élèves le sollicitent afin qu'il continue ses cours particuliers.

Madame Frelon a réceptionné son bidon de cinq litres de gel hydroalcoolique, les hyper connectés et les résidents ont reçu chacun deux flacons de gel, ce n'est pas suffisant, mais pour le moment, cela fera l'affaire.

Rose envoie un e-mail à madame Frelon pour lui dire que les masques étaient cousus et qu'il y aurait une surprise.

Notre bonne concierge, dès qu'il s'agit d'un e-mail, est excitée comme une puce. Elle contacte immédiatement les hyper connectés et les résidents de la rue du Rivoli pour leur annoncer la nouvelle heureuse.

– Madame Frelon, chers amis voisins et chers hyper connectés, notre petite Rose a terminé les masques, elle vous réserve une surprise, faites-moi savoir si ce soir à vingt heures, vous êtes libres, plus tôt, nous serons équipés pour combattre ce virus, mieux ce sera.

Les e-mails affluent dans la boîte de la concierge, bien sûr, tous viendront ce soir équipés, comme vous le savez.

La tarte Tatin de miss Ruffaut , les madeleines faites d'après une recette qui daterait du Moyen Âge, par Marguerite Winch, madame Buiron se contentera d'acheter une tarte aux citron (dans un commerce essentiel, évidemment) ; madame Feuilly, est trop occupée par l'apparition de rides minuscules, elle demandera à son compagnon d'apporter un dessert.

Le professeur Tunod et monsieur Quito viendront chacun avec une bonne bouteille de mousseux. Le coach Denis sera de la partie, Rose a eu ses mesures par madame Frelon, qui se considère comme la maman adoptive du coach.

La soirée ne sera pas triste, la distance de deux mètres déjà instaurés par le gouvernement, ne connaît pas.

Monsieur le curé sera présent,il ne revêtira pas sa soutane ,mais il viendra en civil et, comme à son habitude, en retard.

Le regard scruté sur les desserts, Bernard salue les résidents de la rue du Rivoli.

Des masques, il en a, ses chères paroissiennes ont devancé les infos à la télévision, les couleurs sont plutôt lugubres, noir, gris-blanc et il y en a même avec le portrait de Jésus Christ.

Madame Frelon fait un discours avec des mots soigneusement pêchés dans le Larousse, elle a répété ses phrases devant un miroir sarcastique qui, sans raison apparente, a reflété des éclairs de lumière.

— Madame Frelon, chers voisins amis, nous nous réunissons afin de recueillir le fruit du travail de notre petite couturière Rose,je vous demanderai de la remercier et de l'applaudir.

Un bruit infernal, des remerciements et des applaudissements simultanés résonnent dans la conciergerie.

Léon, l'ami d'Éveline Feuilly est venu, il a mis sa contribution de gels hydroalcooliques, deux pour chaque résident,on le remercie avec effusion.

Léon a des masques, ses sources sont sa fille qui en a reçu quelques paquets d'une amie d'un pharmacien du quartier nord de Mulhouse.

Rose se réjouit, les masques plaisent aux hyper connectés, aux résidents et à Denis, elle sort d'un grand cabas les foulards qu'elle a confectionnés avec le restant de tissu.

Tous sont charmés et, puisqu'il n'est plus possible de s'embrasser, on frôle le pied de la couturière.

Inutile de vous dire que les gâteaux sont pris d'assaut et que notre bon curé ne fait pas jeûne et abstinence.

Phil demande la parole :

10 Emménagement de Phil et de Rose

− Phil, nous déménageons la semaine prochaine afin de libérer l'appartement de Rose, que notre chère Lisette pourra louer
Je solliciterai des amis pour nous aider.
− Monsieur Quito, moi vivant, jamais, je viens t'aider Phil
− Le chœur, nous aussi ;
− Éveline, je vous conseillerai dans la disposition du mobilier, j'ai bon goût, elle regarde Léon qui s'empresse de l'approuver.
− Léon, oui, ma chérie, heureusement que j'ai suivi tes conseils, mon appartement est mis en valeur.
− Madame Frelon, je m'occuperai de faire la cuisine ce jour-là pour tous les aidants.
− Sophie, je suis fragile, mais je porterai des objets légers.
− Rose, bien sûr, Sophie.

Si on devait compter sur Sophie, il leur faudrait des mois pour déménager, sa bonne volonté est touchante, car, comme vous le savez, miss Ruffaut n'est pas adepte du travail.

− Rose, il me faudrait des cartons pour y mettre les objets, les livres, la vaisselle...
− Denis, tu plaisantes, Rose, je possède une brouette, si quelqu'un d'autre en a une, ce serait bien, et on fera plusieurs voyages.

Lisette possède une brouette, Léon en a une, ainsi que monsieur

Quito, donc tout est arrangé.

— Madame Buiron, la tapisserie est-elle à refaire ?

— Phil ,non, elle est quasiment neuve. Bon, les grandes roses, les marguerites… (le peintre se ravise à temps, c'est la concierge qui a choisi le papier peint), ce papier floral,est très joli.

— Marguerite Winch, je sais créer des arrangements floraux, je vous en ferai.
— Monsieur Quito, j'ai une idée dans ma cave, j'ai un meuble neuf qui irait fort bien dans votre salon.
Rose et Phil remercient, ils sont heureux d'avoir trouvé une famille,ils savent ce qui va se passer, mais peu leur importe, les hyper connectés vont disposer les meubles selon leurs goûts.
La cartomancienne et le peintre n'auront pas leur mot à dire. Mais les hyper connectés sont animés de bonnes intentions.
— Bernard, je bénirai cet appartement et je vous offrirai un tableau où le Christ est sur la croix, vous l'accrocherez… Voyons, on verra cela sur place.
Ce dimanche, Eugène Quito reçoit les hyper connectés, Denis le coach à déjeuner ainsi que monsieur Tunod, soudain, madame Buiron lui pose une question embarrassante.
— Alice, nous aimerions tous connaître votre perroquet, lorsque nous sommes invités chez vous, il est toujours absent.
— Le chœur, oui, il doit être charmant et faire de ravissants

compliments, cette fois-ci, nous voulons le voir.

Eugène est très ennuyé, car le bel oiseau refuse de rectifier les phrases que lui a apprises son maître et, bien entendu, ces dernières ne sont plus d'actualité, Madame Buiron n'est plus une vieille taupe, madame Winch n'est pas une grenouille de bénitier. Il est aussi hors de question de vexer Sophie en roucoulant : le travail, c'est la santé.
À chaque visite des hyper connectés et des résidents, monsieur Quito a refilé le perroquet à sa fille Aline en lui demandant d'être discrète lorsqu'elle le ramènera . Il va falloir une solution d'urgence, Eugène va la trouver. Faites-lui confiance.

11 Échange de Perroquets

Le lendemain, il y a urgence. Eugène téléphone à sa fille Aline.
— Eugène, il me faut un autre perroquet. Aline, aide-moi, demain les résidents et les hyper connectés ,sont invités,et ils veulent absolument connaître Philléas.
— Aline, nous ferions un échange, j'ai un perroquet depuis peu, il est adorable, je viens immédiatement, papa.
Discrétion assurée, les perroquets sont habilement échangés, la fille de monsieur Quito a pris soin d'avoir une cage dans laquelle elle enferme Philléas, elle a un sac hermétique, mais, malgré toutes ces précautions, on entend les vocalises du bel oiseau.
— Tu es con
Euugen !! vieux radiin...
— Vieille taupe...
— Monsieur Quito, sors par la porte du fond, personne ne doit te voir, merci, Aline.
Les leçons débutent.
Le lendemain matin, de bonne heure, Eugène se met au travail. D'abord, on déjeune, ensuite, avec un soupir résigné, le vieux roublard commence l'éducation de César.
Le perroquet est un modèle de gentillesse, monsieur Quito est conquis, il faut lui inculquer son prénom provisoire : Philléas
— Eugène, dis-moi ton nom.

– Le perroquet, César.
– Eugène non, répète : -je m'appelle Philléas.
– César appel Philass
– Joli perroquet, tu vas répéter les phrases que je vais prononcer : Madame Buiron gentil chat.
César alias Philéas Mam Buro chenti chat
– Eugène est satisfait, ce perroquet est docile et certes sans nulle malice, il apprend bien et vite .
– Monsieur Quito, répète bel oiseau : Phil, grand peintre.
–César alias Philléas Phil gran pintr
Le scénario est au point, mais le samedi se passe à répéter, il est hors de question qu'il y ait une bavure, l'honneur d'Eugène est en jeu.
Le lendemain, dimanche, notre adorable vieillard est satisfait, il s'adonne à la cuisine, il reçoit à déjeuner les hyper connectés et les résidents de la rue du Rivoli.
Il sait bien faire la cuisine, il prépare des bouchées à la reine, le dessert, il n'a pas à s'en occuper.
–Lisette, je ferai une tarte.
– Marguerite, j'apporterai des madeleines.
Sophie Ruffaut confectionnera une tarte Tatin.
– Éveline et Léon ont commandé un pain surprise.
Monsieur Tunod viendra en compagnie de deux bouteilles de vin.
Denis, le coach, sera là, il ne manquerait pour rien au monde ces agapes festives.Rose et Phil proposeront des pralines.

Monsieur le curé dira la messe et, accompagné de madame Winch, il rejoindra le cercle de la rue du Rivoli.

Les hyper connectés arrivent de bonne heure, sans masque, mais chacun a un flacon de gel. Eugène ramasse les flacons et les pose sur le buffet qui se dresse en face de la grande table où sera servi le repas .

Le perroquet fait son apparition sous les louanges : « Il est beau ! On aimerait tant qu'il nous dise quelques mots. Est-ce possible ? »

Évidemment, Eugène pose les bonnes questions à son élève bien éduqué. Tout de suite, la magie opère, et César, alias Philéas, répond correctement. Monsieur Quito lui souffle quelques phrases, mais tout se passe bien. La rue du Rivoli jubile.

Le déjeuner est une réussite, les compliments fusent.

– Lisette, tu réussis les bouchées à la reine aussi bien que moi. Alphonse, son époux, surenchérit, j'approuve, surtout que ma Lisette est une cuisinière hors pair.

On discute du futur déménagement de Rose. Il s'agit de changer d'appartement, c'est tout, et la cartomancienne possède peu de meubles, les petits objets seront transportés dans des brouettes.

– Monsieur Tunod, combien de brouettes faut-il ?

Il s'ensuit une âpre discussion sur leur nombre : une, non, deux, pas certaines qu'elles suffisent, donc trois, ce sera parfait.

– Lisette, ma petite Rose, ne te donne pas la peine d'emballer

Quoi que ce soit, nous nous occupons de tout, tu pourras te consacrer à ta couture, et à tes ourlets pendant que nous déménagerons.

Rose remercie avec gratitude, effectivement, la maison de couture lui apporte régulièrement du travail et dorénavant, elle n'aura plus à se déplacer : un livreur viendra chercher les vêtements cousus.
Le repas est terminé, madame Winch prend un air extatique.

– Marguerite, si vous êtes tous d'accord, nous allons nous exercer à chanter. Bernard constatera les progrès que nous avons faits.
Reprenons l'hymne à Jésus.
Tous se lèvent solennels, conscients que leur avenir de choriste se jouait à ce moment-là .
Marguerite s'érige en chef d'orchestre, les voix sont plus justes et monsieur le curé est conquis, à la fin du chant liturgique, il applaudit et félicite sincèrement les hyper connectés. Monsieur Tunod et Denis le coach ne font pas partie de la chorale.
– Monsieur le curé, les progrès sont incroyables, bientôt, vous chanterez à l'église Sainte-Marie.
– Éveline Feuilly ,mais avec les masques, ce sera compliqué.

– Monsieur le curé qui vous parle de masques, vous n'en porterez pas durant le chant, aucun paroissien ne vous dénoncera, soyez sans crainte.

– Alice Buiron, nous interpréterons uniquement des chants liturgiques ?

– Monsieur le curé, oui, c'est le but, j'estime que les chants profanes n'ont pas leur place dans une église.

Les gels sont utilisés en permanence, à ce rythme, il faudra bientôt en recommander, se dit Phil, pendant que Léon songe à soudoyer un pharmacien, il est hors de question que ses amis manquent de gel.

12 Déménagement de Rose

On s'est maillés de bonne heure, le jour J est arrivé. Rose, la cartomancienne (couturière) emménage avec Phil, du premier étage. Elle monte au troisième étage, en face de Sophie Ruffaut . L'idée des brouettes a été abandonnée, Léon a proposé de fournir des chariots à roues amovibles faciles d'utilisation et que l'on pouvait pousser sur les marches d'escalier sans difficulté.
Sophie s'est levée de bonne heure, elle semble au bord du burn-out, les hyper connectés et les résidents sourient à la voir dans cet état.
Tous en tenue de travail, la concierge l'a exigé, personne ne porte de masque, par contre, le gel hydroalcoolique règne en maître, il y a des flacons un peu partout.

— D'abord les meubles, ordonne Eugène Quito de sa voix de baryton, il en sera fait ainsi.
Les hommes s'emparent du bahut et l'ascension jusqu'au troisième commence,on se repose sur les marches de l'escalier et on reprend sans se presser. Les tables, les chaises prennent le même envol. Pendant ce temps, Rose empile sa vaisselle (qui n'est pas précieuse) dans les fameux chariots, elle réussit à mettre ses casseroles, ses verres, ses couteaux, fourchettes, etc. dans le même chariot, elle protège le tout avec une épaisse
nappe de coton.
Puis les bibelots, les lampes,les décorations murales,les objets

fragiles, les tableaux seront mis dans un autre chariot.
Phil, le peintre, aide les déménageurs d'un jour à disposer le mobilier, mais c'est sans compter sur notre bonne concierge et sur Éveline Feuilly.
– Lisette, je verrai bien le bahut dans cet angle de la pièce de séjour, vous êtes d'accord avec moi Phil ?
– Phil, mais certainement Lisette.
– Éveline Feuilly, cette table et ces deux chaises seront très bien dans le cabinet de travail de Rose, n'est-ce pas Phil ?
– Phil, certainement, Éveline;
Les hyper connectés s'en donnent à cœur joie, ils décident de tout, du moindre emplacement d'un bibelot, le peintre n'a pas son mot à dire.
Rose a rangé avec soin sa boule de cristal, ses talismans dans l'un des plus petits chariots, les cartes, elle les garde avec elle.
Le premier chariot amovible à prendre d'assaut les marches d'escalier se met en mouvement, Eugène est heureux, il sait que le bruit incommodera les Dariant, le chariot est donc tiré par monsieur Quito, le bruit est assourdissant, il réveillerait un mort.
Le facteur sonne à la porte d'entrée, à ce moment-là, il a une lettre recommandée pour madame Frelon. Lisette se précipite et sermonne le brave homme sur les lettres virtuelles.
– Vous comprenez, cher monsieur, nous sommes dans une ère moderne et le papier, c'est dépassé.
Le facteur regarde la concierge, ahuri, puis il entend « hie Ho », ce qui déclenche des rires et un potin infernal. La poste en live

s'enfuit presque en oubliant de prendre congé de madame Frelon.

Deux heures plus tard, l'appartement de Phil est transformé, récuré à fond, les meubles ont été savamment placés et à l'heure où j'écris cette page, Évelyne Feuilly se tient au milieu d'une pièce et réfléchit grave ; les hyper connectés, monsieur Tunod et Denis le coach, font cercle autour d'elle et attendent fébrilement sa décision.

Vous l'ignorez peut-être, mais Éveline a des dons artistiques, elle possède un talent inné pour la décoration, son ami Léon en sait quelque chose. Elle a transformé son appartement à un point tel que l'on se croirait dans une bonbonnière.

Éveline, consciente de son importance, désigne les objets qu'elle désire mettre en valeur, tels qu'un vase, un tableau, une coupe de fruits. Elle donne ses ordres et les hyper connectés

s'exécutent, le déménagement est sur le point de finir, madame Frelon s'éclipse, car il lui faut préparer d'urgence le déjeuner pour les déménageurs. N'oublions pas miss Ruffaut qui peine à porter de menus objets et s'essouffle très vite.

— Phil, où est passé mon vase de Chine, quelqu'un l'aurait-il vu ?

— Alain Tunod, oui, Sophie l'a emporté dans le salon sur ordre d'Éveline.

Le peintre va jeter un œil et voit Sophie avancer ou reculer ? On ne sait jamais avec elle, elle glisse sur le parquet en bois et Phil a l'impression qu'elle fait du sur place .

Les tableaux peints par Michel Ange (phil) sont accrochés dans différents endroits, il y en aura même dans les toilettes.
– Éveline il n'existe pas de vil endroit, à nous de le rendre attrayant. D'accord, et puis...
Le salon a droit à des paysages,trois saisons différentes se succèdent avec bonheur, l'effet est plutôt heureux. Cependant, la cuisine ressemble à une galerie de peinture, Éveline a fouillé dans les tableaux du peintre et a déniché de vraies pépites.
Les pommiers en fleurs, les jardins au printemps, l'automne et ses feuilles mortes, l'hiver et ses neiges éternelles : Phil et Rose sont étonnés lorsqu'ils remarquent que leur cuisine n'a rien à envier à une exposition de peinture.
Rose et le peintre ne recevront jamais les hyper connectés chez eux pour le fameux repas dominical, ils ne sont pas installés pour, et l'appartement est trop petit,heureusement, donc ils changeront certains objets discrètement sans qu'Éveline Feuilly s'en aperçoive.
Pour l'essentiel, ils ne toucheront à rien, il ne s'agit pas de vexer les hyper connectés,après tout, ils ont trouvé une famille et l'amour, rue du Rivoli .

–Éveline, mon cher Phil, vos toilettes fuient, le savez-vous .

– Phil, vous m'en apprenez des choses, chère Éveline, je n'ai pas trop les moyens et...

— Éveline, Léon est en train de les réparer.

—Le peintre, comment vous remercier, il lui glisse à l'oreille : aussi bonne que belle, puis plus haut, vous êtes notre fée.
Les hyper connectés approuvent dans un tumulte épouvantable.
Mais que se passe-t-il ?
—Eugène, un volet vient de céder, je vais chercher mes outils ;
—Alice, revenez avec Philléas
—Eugène, non à cette heure-ci, il fait la sieste, ce sera pour une autre fois.
Les volets sont huilés, Alain Tunod tient le marteau et monsieur Quito visse, il a fallu changer des clous.
Éveline Feuilly n'a pas touché à la pièce réservée pour la voyance, Rose lui en est reconnaissante, elle l'arrangera selon ses goûts.
Le peintre et la cartomancienne remercient les hyper connectés, Alain Tunod et Denis le coach avec effusion, tous s'embrassent, COVID ou pas, peu s'en faut.
Sur ce, le téléphone sonne, Lisette leur demande de rejoindre la conciergerie au plus vite le repas est prêt.
Monsieur le curé n'a pas pu se libérer ce matin,mais il est à l'heure pour le déjeuner, il salue toute l'assemblée et se tourne vers Phil et Rose:

—Bernard le curé, mes chers enfants, avec votre permission, j'irai bénir votre nouvelle demeure cet après-midi.

;
—Rose, vous êtes bien aimable, monsieur le curé ;
—Marguerite Winch, j'ai en ma possession un tableau sur lequel Jésus partage le pain avec les apôtres (la cène), je voudrais vous l'offrir et choisir avec vous l'endroit où il serait mis en valeur. Choisir avec vous est un euphémisme, nonobstant sa timidité, Marguerite est en phase avec les hyper connectés, ce sont eux qui décident de l'emplacement des objets et des meubles.
Ils le font en toute innocence, persuadés de seconder des jeunes qui ne savent rien de la vie.
—Phil, bien sûr, Marguerite, à vous d'en décider.
—Marguerite, Éveline a bien dit qu'il n'y avait pas de vil endroit pour accrocher un tableau ? Donc je mettrai mon Jésus agonisant sur la croix dans vos toilettes.
—Lisette, en voilà une bonne idée, je n'avais jamais songé à décorer les WC, j'ai l'intention de placer un vase avec des fleurs fraîches sur l'étagère où sont rangés les rouleaux de papier WC, une note gaie ne sera pas de refus.

À présent, tous y vont de leurs suggestions.
— Éveline moi, j'ai mis un tableau représentant un coucher du soleil en Chine , c'est très décoratif .
—Marguerite, quelle merveilleuse idée !
—Alice, un portrait de mon petit chat, mais comme je n'en possède qu'un, ce disant elle baisse modestement les yeux, la réaction du peintre ne se fait pas attendre :

– Phil, je vous en ferai un autre afin que vous puissiez l'accrocher dans votre salon.
– Madame Winch, oh merci Phil
– Sophie, moi, j'ai un tableau sur lequel des transats se dorent au soleil, je vais l'accrocher dans mes toilettes.
Il reste Eugène Quito
–J'ai une photo de nos chers voisins les Dariant qui portent leurs jerricanes de gels hydroalcooliques. Je la collerai sur le mur des toilettes. Ce sera très drôle.
– La concierge, était-ce le jour où vous avez eu un malaise ?
– Eugène, certes, ma chère Lisette, malgré ma souffrance, j'ai pris discrètement un cliché.
Madame Frelon a compris que le rusé vieillard a trompé son monde. Si elle avait eu un doute, à présent, elle n'en a plus.
Tous rient et trouvent l'idée excellente
– Sophie, et vous, Alain, allez vous décorer vos toilettes ?
– Monsieur Tunod, pour l'instant, rien ne me vient à l'esprit, on verra par la suite, rajoute-t-il pour ne pas froisser Éveline.
– Denis, moi aussi, je vais y réfléchir.
Monsieur le curé est hors compétition, il n'est pas question de parler de WC à ce saint homme.
– Bernard, allons bénir votre nouvelle demeure, mes enfants.

On grimpe jusqu'au troisième (il n'y a pas d'ascenseur) le curé de Sainte-Marie bénit chaque pièce, les hyper connectés se taisent respectueusement.

La cérémonie terminée, on se salue courtoisement et chacun regagne son appartement,un trois pièces vient de se libérer, la concierge est chargée de trouver un ou une locataire.

13 La nouvelle locataire

Il est huit heures du matin, un crissement de pneus sonore et un camion de déménagement s'arrête rue du Rivoli.
Notre bonne concierge nettoie avec énergie la rampe d'escalier et guette l'arrivée de la nouvelle locataire, car il s'agit d'une dame, vous l'avez deviné .
Les portes claquent fébrilement,la porte d'entrée de la résidence s'ouvre avec fracas pour laisser entrer une dame corpulente qui porte bien la soixantaine.
— La dame, bonjour, je me nomme Suzette Wath, je suis la nouvelle locataire de votre immeuble.
— La concierge se présente à son tour, je suis votre concierge hyper connectée, Lisette Frelon.
— Suzette, hyper connectée, qu'est-ce que c'est ?
Lisette est aux anges, en voilà une qui ne connaît rien des subtilités d'internet, je l'initierai à mes moments perdus.
— La concierge, chère madame Wath, je vous expliquerai cela lorsque nous aurons plus de temps, voilà vos clés, désirez-vous que je vous accompagne jusqu'au premier étage où se situe votre appartement ?
— Suzette, non, j'ai le déménageur qui s'impatiente, il attend. En effet, un coup de klaxon strident réveille Sophie Ruffaut d'un sommeil réparateur.

– La concierge, si vous avez besoin de quoi que ce soit, je reste
– bien entendu à votre disposition.

Suzette remercie et sort rejoindre le déménageur.
La journée se passe en bruits sonores : le déménageur, aidé de deux acolytes légèrement alcoolisés, place les meubles selon les exigences de madame Wath. Le bruit est tel que madame Frelon craint pour son plafond : à quel moment va-t-il s'effondrer ? Une fois seule, Suzette ouvre ses cartons et les hyper connectés se demandent si elle lance sa vaisselle directement dans l'évier ; on peut se régaler de divers bruits, tintements de verres qui s'entrechoquent, grincement délicat d'ustensiles de cuisine, de casseroles qui tombent, etc. Cela dure depuis deux heures. Lisette Frelon est exaspérée et, pour se calmer, elle était sur le point d'envoyer un e-mail à ses chers hyper connectés, lorsque la sonnette de la porte d'entrée retentit.
– La concierge ouvre et se trouve vis-à-vis d'un homme bien mis, la soixantaine passée, qui porte dans ses bras un caniche nain.

– Bonjour madame, je suis le frère de madame Wath et je lui amène son petit chien, Bouly, puis-entrer ? (un caniche virulent)
– La concierge, bonjour, monsieur, entrez, je vous prie, votre sœur habite au premier étage.
Il s'ensuit des retrouvailles dignes de perdues de vue. La fratrie est au comble du bonheur (ils se sont quittés la veille, je précise) : c'est ce moment que choisit Bouly pour manifester sa présence. Il aboie férocement, puis ses jappements se font

moins puissants. Ils sont cependant continus, ce qui n'a pas l'air de déranger le frère et la sœur. Ces scènes se déroulent toutes sans masques et sans respecter la distance de deux mètres. Suzette Wath est une dame replète à l'embonpoint sédentaire. Sa taille moyenne, son visage est commun, mais ses yeux noirs reflètent sa détermination, un caractère pas facile avec qui la résidence devra compter. Suite de la description, les cheveux noirs, teints sans nul doute, mi-longs sont coiffés en chignon (à ce jour).

Notre bonne concierge envoie un courriel à tous les résidents, y compris aux Dariant (Lisette est concierge, et cette vocation est digne d'un sacerdoce : elle ne faillit jamais à ses devoirs), pour annoncer l'installation de la nouvelle locataire. Elle ne donne aucun détail sur Suzette : la discrétion est une qualité essentielle dans sa profession.

Lisette sent que la nouvelle locataire sera difficile à gérer. Elle soupire : on est aux antipodes de l'angélique madame Winch (Alice l'émule de monsieur le curé).

Les jappements incessants de Bouly agacent considérablement, on l'entend du premier au dernier étage. Alors des portes s'entrouvrent et les locataires excédés vont voir la concierge.

— Éveline Feuilly quels sont ces aboiements intempestifs.

— La concierge, il s'agit du caniche de la nouvelle locataire. C'est son premier jour ; laissons-lui un peu de temps pour s'habituer à notre résidence.

— Éveline s'habituer ! C'est à nous de supporter ces aboiements !

qui se terminent en gémissements !Non, je ne crois pas, désolée Lisette, je vais rendre visite à la dame.

Il est vrai que, depuis deux heures, le caniche manifeste sa présence, maintenant, tout le monde sait qu'il y a un chien féroce rue du Rivoli.

Sur ce, monsieur Quito approuve derechef l'initiative d'Éveline de rendre une visite de courtoisie à la nouvelle voisine.

Un bruit furtif, des pas qui glissent, c'est, vous l'avez bien compris, Sophie Rruffaut qui, elle aussi, vient se plaindre à madame Frelon.

— Sophie, c'est quoi ce vacarme, mon sommeil a été troublé et je n'arrive plus à me rendormir (il est près de dix du matin)en plus, j'entends un chien aboyer sans cesse.

— Monsieur Quito, justement, Éveline et moi allions présenter nos compliments à cette charmante dame propriétaire d'un chien aussi débile. Veux-tu te joindre à nous, Sophie ?

— Sophie, bien volontiers

Cette charmante personne allergique au travail est descendue du troisième étage (tout de même) sans se donner la peine de se coiffer ou de mettre quelque chose de décent sur sa chemise de nuit, vous dire dans quel état de nervosité, elle se trouve me paraît impossible à décrire.

—Eugène, allons-y
—La concierge, surtout, ne la brusquez pas trop, elle vient d'emménager.
—Éveline, n'ayez crainte, Lisette, nous serons fins diplomates (surtout monsieur Quito)

Tous au premier étage chez madame Wath
Dring, dring
La dame ouvre la porte, la mine revêche.
Eugène Quito ne lui laisse pas le loisir d'ouvrir la bouche.

—Bonjour, chère madame, nous venons vous présenter nos respects et nos souhaits de bienvenue dans notre résidence.

—Suzette, bonjour ! En quoi Puis-je vous être utile.
—Éveline Feuilly, votre caniche aboie sans cesse depuis que vous êtes là, sauriez-vous le faire taire, c'est dérangeant pour tous les résidents.
—Suzette Wath, oui, je suis désolée, il a perdu ses repères, il se calmera d'ici demain.
—Monsieur Quito, il n'est pas question que nous supportions ces jappements, vous n'avez qu'à lui donner un calmant.
—Suzette Wath est outrée : comment pouvez-vous dire une chose pareille ? Mon petit Bouly est adorable et...
—Sophie, il est peut-être mignon, mais ce chien m'a tirée du sommeil, sur ce, elle bâille. La nouvelle locataire la regarde, ahurie :
—Il est dix heures du matin, ma chère.

— Sophie, sans se démonter, si je n'ai pas mes onze heures de sommeil, je ne peux pas affronter ma journée (de chômeuse professionnelle) ma chère.
— Éveline en plus, j'ignore comment vous emménagez, mais vous faites un bruit infernal, nous sommes des gens civilisés et, depuis deux heures, vous jetez des choses, je ne sais trop quoi, sans aucun ménagement pour les voisins. Je suis au rez-de-chaussée et je puis vous assurer que je suis indisposée par ce vacarme.
Le frère décide d'intervenir, il se veut psychologue, donc il va calmer ces personnes primaires qui n'ont ni instruction ni éducation.
— Le frère, mes chers voisins, comme vous pouvez vous en rendre compte, nous sommes en train d'installer les meubles, le vaisselier. Nous déballons des cartons. Si ces bruits intemporels vous paraissent un peu dérangeants, nous en sommes désolés, ma sœur et moi-même. Vous le savez, un emménagement ne se passe jamais dans le silence d'une cathédrale et Bouly est un caniche des plus charmants d'ordinaire. Cependant, le fait est qu'il change de domicile lui aussi, il perd ses amis, ses repères et...
— Monsieur Quito, cher monsieur, votre dissertation verbale est ennuyeuse au possible, on s'en fout de votre cabot, nous, ce que nous voulons, c'est vivre notre journée en paix, suis-je assez clair ?

Madame Wath excédée ferme la porte au nez de ces malotrus dont la conduite la révulse, la guerre est déclarée.
Madame Frelon est atterrée, les trois hyper connectés lui font un résumé de l'entretien avec madame Wath et son frère.
— La concierge, comme c'est regrettable. Soyez indulgents le premier jour, laissez-lui le temps de s'adapter à nos mœurs. Cette personne est extérieure à notre résidence, elle n'a pas la finesse d'esprit ni la politesse innée qui est la nôtre. Peut-être ne sait-elle pas surfer sur le Web comme nous, les hyper connectés. En disant cela, elle se rengorge, et les trois hyper connectés se redressent fièrement.
— Sophie, c'est une personne des plus ordinaires, elle ne m'est pas sympathique.
— Éveline, elle est petite, ronde et pas jolie du tout, je ne dirais pas un monstre, mais elle ferait bien d'installer des miroirs chez elle pour contempler sa décrépitude.
— Monsieur Quito, elle nous a claqué la porte au nez, elle le payera cette garce.
— La concierge, Eugène, je vous en prie, évitons les histoires, faites-le pour moi, mon ami.
— Eugène, Lisette, laissez-moi lui apprendre la politesse. Je serai doux.
Lisette n'est guère rassurée, elle connaît le machiavélisme de monsieur Quito.
La série continue, madame Wath jette des objets et, sans doute le fait-elle exprès, Bouly aboie sans discontinuer.

14 Monsieur Quito et Madame Wath

Le lendemain, mardi, Eugène de bonne heure ouvre sa porte (il est au premier étage le même palier que sa nouvelle voisine) en sifflotant. Il a Philléas sur l'épaule gauche, le vieux roublard s'assied sur une marche d'escalier et le spectacle commence.
— Eugène, Philléas, aboie, fais wouah wouah bien fort, mon bel oiseau.
Philléas est ravi, il adore les plans de son maître, il aboie bien fort.
Wouah ! Wouah ! Durant dix bonnes minutes, soudain, la porte s'ouvre et madame Wath paraît échevelée en robe de chambre vert pâle.
— Madame Wath, c'est quoi ce raffut encore vous ? Vous savez qu'il est huit heures du matin.
— Eugène, sans se démonter, mon perroquet est un animal de compagnie des plus charmants. Pas comme votre caniche stupide. Il fait partie des oiseaux protecteurs de leurs maîtres

(il s'agit d'une association bidon, évidemment). Quand mon garde du corps décide de pousser des vrilles, je dois interrompre ce que je suis en train de faire et me consacrer aux vocalises de mon ange gardien, Philléas voulait s'arrêter sur cette marche, donc je suis à ses ordres.

— Madame Wath, vous êtes complètement fou, je vais de ce pas me plaindre au commissariat le plus proche.

– Monsieur Quito, sans se démonter, il est huit heures du matin, à cette heure-ci, il est permis à l'honnête citoyen que je suis ,de faire quelque bruit et, en plus, je suis handicapé, il brandit sa canne, claudique en descendant les marches d'escalier
– Madame Wath, j'ignorais que vous étiez invalide.
Tout de même, vous pourriez vocaliser ailleurs que devant ma porte, vous le faites exprès.
– Eugène Quito, chère madame, oh ! Voyez comme je marche mal! Il boite et s'appuie à la rampe, habilement, il jette à l'oreille de Philléas : « Fais miaou, miaou ! »

– Philléas, miaou miaou, il ne s'arrête pas durant quelques minutes et ce qui devait arriver arriva. Bouly le caniche se met à aboyer, il a peur, les chats, il n'aime pas trop, pas plus que sa maîtresse qui, allait violemment refermer (une fois de plus) la porte. Soudain, son « frère « rejoint sa chère sœur sur le palier, il est en caleçon, voyant monsieur Quito près des boîtes aux lettres, il rentre précipitamment dans l'appartement.
Le vieux roublard a vu le frère fac-similé en petite tenue, il en a très justement déduit qu'il s'agit de l'amant de madame Wath, un homme marié sans aucun doute puisqu' il se fait passer pour le frère de la dame.
Madame Wath gênée ferme la porte sans excès,Eugène Quito se

régale, il va se promener avec son perroquet sur l'épaule, tiens, Le temps est beau aujourd' hui, mais avant cela, passons voir cette brave concierge.
Le bel oiseau a eu l'ordre de se taire. Des portes se sont cependant entrouvertes et l'on voit Éveline Feuilly saluer son voisin Eugène, Sophie Ruffaut a été une fois encore réveillée en sursaut.
Cette jeune femme épuisée par deux nuits où son sommeil a été massacré descend les escaliers selon son allure habituelle, celle d'une limace sur le retour d'âge.
Tout ce beau monde sonne chez madame Frelon, pas le temps de se mailer ,la situation est des plus urgentes.

La concierge se réjouit de revoir ses hyper connectés, mais elle formule un reproche à l'égard de monsieur Quito.

— La concierge, tout de même, Eugène, vous exagérez, ce que vous racontez de madame Wath est invraisemblable et personne ne vous croirait.
— Eugène Quito, oh que si non seulement cette dame me croira, mais encore elle se fera toute petite dans les jours à venir.
— La concierge, en êtes-vous si sûr ? Qu'est-ce qui vous fait penser à cela ?
— Eugène, son frère n'est pas son frère, il était en petite tenue, à mon avis, nul frère ne dort chez sa sœur sauf effondrement de son immeuble, fin de la période hivernale (pour les squats) ou expulsion d'un logement par un huissier. Si vous désirez d'autres

exemples, j'en ai quelques-uns en réserve.

—Éveline Feuilly, je comprends que vous la tenez, car vous avez découvert le secret du soi-disant frère et de la sœur. Bravo ! Vous êtes vraiment un hyper connecté digne de ce nom.

—Sophie, qui est lente en besogne, mais réfléchit gravement, approuve. Tiens, on pourrait lui faire du chantage.

— La concierge, puis-je vous offrir un café, mes amis ?

— Eugène Quito, avec plaisir, lisette. Mais j'ai une tâche urgente à accomplir : il sort avec Philléas sur l'épaule gauche, il va vers le parc des voitures Eugène, connaît les plaques d'immatriculation des résidents et rien n'échappe à son œil inquisiteur. Monsieur Quito se dirige droit vers la voiture bleue entrevue hier lorsqu'il guettait l'emménagement de madame Waht.

Il note sur un calepin qui ne le quitte jamais le numéro en question et retourne dans la résidence.

— La concierge, qu'aviez-vous de si pressant à faire, cher ami ? Comme vous le savez, Lisette s'exerce seule dans sa loge à formuler des phrases bien tournées. Elle veut être considérée comme une fine lettrée. Hyper connectée, c'est bien, mais être reconnue par ses pairs comme une personne instruite, c'est mieux.

— Eugène, j'ai noté le numéro de la plaque d'immatriculation du

« frère ». Je sais bien que je n'ai pas la possibilité de retrouver le nom du propriétaire : le FNI ne divulguera pas ces informations. Mais, qui sait, le hasard pourrait me servir.

– Éveline, admirative, vous êtes très habile

– Sophie, surenchérit un vrai détective ;

Monsieur Quito a le triomphe modeste, à mon avis avis, la dame en question se fera discrète dans les jours à venir.

– La concierge, cependant, que signifiait cette cacophonie ce matin (cacophonie, un mot savant dont le Larousse se passera puisque Lisette s'en servira à outrance).

– Monsieur Quito, rien de bien méchant, mon adorable perroquet est un animal protecteur, il a absolument voulu pousser des aboiements.

– Et des miaulements, rajoute la concierge.

– Eugène, oui, je ne me souviens peut-être plus, ma mémoire est vieillissante.

– Éveline, à d'autres, vous êtes plus alerte d'esprit que n'importe lequel d'entre nous.

– La concierge, ce dimanche midi, Rose et Phil nous invitent pour le repas, ce n'est pas leur tour, mais ils tiennent absolument à nous remercier pour l'aide apportée.

— Eugène ils sont charmants, avons-nous fait autant de raffut en déménageant que maddame Wath, je ne crois pas ?
— La concierge, oh que si les Dariant se sont plaints.
— Monsieur Quito, les Dariant se plaignent de tout. Je ne fais pas de bruit, ma musique est en sourdine.
— Sophie, Eugène, vous savez fort bien que ce n'est pas vrai, vous détestez les Dariant et ils vous le rendent bien.
— Éveline, ces gens n'aiment personne de toute façon.
— La concierge désire placer une phrase qu'elle a lue et apprise par cœur dans l'un de ses journaux insipides (que lisent les gens lettrés, cela va sans dire).
— La concierge, le temps est une passoire qui filtre nos pauvres moments.
Les trois larrons regardent Lisette, ahuris, que lui arrive-t-il, elle semblait consciente et parfaitement normale ce matin.
La concierge rosit de plaisir, elle a conscience d'avoir grave impressionné ses chers hyper connectés (soyons modeste, mon savoir ne doit en aucun cas rabaisser mon prochain, moins cultivé que je ne le suis).
— La concierge (change de sujet) Rose et Phil me fourniront tous les ingrédients nécessaires au repas, le dessert, je m'en occupe, rajoute Lisette
— Sophie, je ferai ma tarte Tatin.
— Éveline, Léon nous apportera des mignardises.
— Eugène Quito, j'apporterai deux bouteilles de vin.

—Lisette Je voulais aborder le sujet délicat des masques et des deux mètres de distance à respecter, le gouvernement…

—Eugène Quito, excusez-moi, Lisette, mais on s'en fout des deux mètres : on mangera où, alors ? Chacun dans un coin, dans les WC, dans le cellier,ou dans la salle de bains !
Oublions les deux mètres de distance et puis les masques, je sais qu'ils sont obligatoires lors des heures de sortie, mais, entre nous, le gel sera amplement suffisant, qu'en pensez-vous?dit-il en se tournant vers Sophie et Éveline.
—Sophie, moi, je pense, comme vous, Eugène, ils nous embêtent avec leurs interdictions.
—Éveline, je pense tout comme vous, surtout que certains organisent des repas clandestins au gouvernement.

En regagnant son appartement, Eugène réfléchit. Il aimerait connaître l'identité du monsieur, qui est sans aucun doute l'ami intime de madame Wath. Comment s'y prendre ?

15 Monsieur Quito, Philléas et le commissariat

Le gentil vieillard vient d'avoir une idée de génie, il se rendra au commissariat afin de signaler le numéro d'immatriculation, faire l'innocent, ou l'imbécile en prétendant qu'il s'agit d'une voiture volée. Cette automobile est stationnée depuis plusieurs jours sur notre parking privé.
Monsieur Quito passe la matinée du lendemain en tant que formateur. Philléas a l'obligation d'être exemplaire et le succès de son entreprise dépend de son perroquet.
— Eugène, répète après moi, bonjour général.
— Philléas, Bonjourr chénéral.
— Eugène, police pan pan.
— Philléas, boliss ban bab je vous grâce de la suite, lorsque le maître estime que l'élève a bien appris ses leçons, le vieux roublard se prépare, il sort un vieux béret d'une penderie, où, il faut bien l'admettre, tout est soigneusement rangé.
Il enfonce le béret noir sur ses oreilles, prend sa canne et se poste devant la glace de son armoire, il essaie différentes mimiques, l'important est d'avoir l'air un peu dérangé, un peu simple d'esprit.
Il articule lentement en cherchant ses mots, tout à coup, il entend son perroquet moqueur :
— Philléas, idiot gegene idiot
Monsieur Quito est stupéfait, cet oiseau n'est pas stupide.

Songeons à remplir la feuille de sortie dérogatoire et à cocher la bonne case, voyons.

Il coche : convocation judiciaire ou administrative, démarches ne pouvant être menées à distance.

Ce qui est juste, le brave citoyen qu'il est ne peut pas régler cette affaire des plus urgentes à distance.

Eugène guette, personne dans le couloir, madame Frelon est occupée soit à parodier des phrases savantes, soit à surfer sur son ordinateur.

À pas furtifs, Eugène Quito sort discrètement de la résidence. Le commissariat est proche à l'angle de la rue des Étourneaux, puis il faut longer les boutiques, qui évidemment, sont fermées puisque non essentielles.

En entrant au commissariat, monsieur Quito constate avec plaisir l'étonnement de la policière à l'accueil.

— La policière, monsieur, les animaux ne sont pas autorisés dans l'enceinte du commissariat.

Eugène se met à trembler, il bégaie en répondant.

— Eugène, c'est moon perroquet moon animal protecteur, je ne me sépare jamais de lui.

Il se reprend et parle normalement. L'émotion peut expliquer son bégaiement.

— Je voudrais parler à un policier, c'est urgent, je signale une voiture volée parquée dans le parking de la résidence du Rivoli.

La policière de faction hausse les épaules et va prévenir un policier qu'un énergumène signale une voiture volée.

Un policier bien mis et sûr de lui, dans la quarantaine, écarquille les yeux lorsqu'un vieil homme un peu simplet, agitant une canne et un perroquet sur son épaule gauche, entre dans son bureau.

—Le policier, vous savez que les animaux ne sont pas autorisés ici.

Bonjour, monsieur.

— Eugène, bonjour, monsieur le policier, puis se tournant vers Philléas il lui murmure quelque chose à ce moment-là, le perroquet réagit.

—BONCHOUR CHENERAL

Le policier est stupéfait, il est conquis à un point tel qu'il en redemande.

Philléas poussé par son maître;Boliss ban ban

— Le policier appelle ses confrères et bientôt toute la brigade se divertit des propos de l'oiseau bavard.

À un policier gradé, il dit salut, Sherlock (Eugène est aux manettes bien évidemment)

— chentil boliss

Soif ,

Un des policiers s'empresse d'apporter à boire à Philléas, bientôt toute la compagnie de policières et de policiers, il y en a six, est dans l'étroit bureau du beau gosse de service.

Monsieur Quito s'est vu offrir un café, il remercie avec effusion en outrant son air stupide,excellent comédien, j'ai oublié de préciser que tous portent le masque, le gel hydroalcoolique connaît ses heures de gloire.

Une fois le spectacle terminé, le policier de service mis de bonne humeur lance ses questions.

—Le policier, que vous est-il arrivé, mon bon monsieur ?
Avant tout, présentez-vous : nom, date de naissance, lieu de Résidence, etc..

Eugène s'exécute et décline son identité et tout ce que l'on veut.

— Monsieur Quito rajoute à son air benêt un sourire naïf afin de désarmer l'adversaire (comment se méfier d'un simplet ?)

— Eugène, une voiture volée est stationnée depuis plusieurs jours sur mon parking, 7, rue du Rivoli. Je vous ai noté le numéro d'immatriculation sur ce bout de papier.

L'officier s'empare du papier chiffonné et déchiré aux quatre bouts, il lit le numéro d'immatriculation, puis, hésitant, il tient à en savoir un peu plus.

— Comment pouvez-vous être aussi certain qu'il s'agisse d'une voiture volée ?

Il a pitié de ce vieil homme qui n'a sans doute nul autre loisir que de regarder par la fenêtre .

— Eugène (il accentue son air idiot) :chez nous, je connais les voitures qui stationnent, il s'agit des voitures des résidents, nous avons un parking privé, vous savez !

Monsieur Quito se rengorge en rajoutant cette dernière phrase. Je fais partie des hyper connectés.
— PARDON, c'est quoi, les « hyperconnectés » ? Je ne saisis pas trop, pouvez-vous m'expliquer, monsieur?
— Monsieur Quito, simple, nous sommes des voisins, tous pas trop jeunes, nous avons pris des cours d'informatique, internet n'a plus de secrets pour nous, ne trouvez-vous pas cela admirable ?
En prononçant ces mots avec emphase,Eugène mouline des bras, il se lève et, sous le regard sidéré du policier se dirige vers un ordinateur posé sur le bureau d'en face.
— Eugène Quito, je vais vous faire une démonstration de mes talents ;
— Ne touchez à rien, je vous crois, vous êtes un hyperconnecté et peu de gens de votre âge, bien que vous soyez encore jeune, réussissent une telle prouesse. Asseyez-vous, monsieur, que nous terminions cette déclaration.
Monsieur Quito reprend sa place, satisfait de l'effet produit
— Je suis sûr que des voleurs guettent les allées et venues de notre résidence. J'ai donc peur de me faire cambrioler,svp, vérifiez le numéro d'immatriculation, monsieur l'agent.
L'agent ne sourcille pas, il est gradé, mais monsieur Quito ne le sait pas et évitons de contrarier ce simple d'esprit. Tout à coup, Philléas se manifeste.
— Le perroquet vollers (voleurs) RIFOLY

– Monsieur Quito lui avait soufflé cette phrase lors d'un moment d'inattention.
– Tu as raison Philléas je vais m'occuper de cette voiture.
Après vérification faite, la voiture a un propriétaire, des plus honnêtes .
Eugène doit jouer serré, il veut connaître le conducteur de la voiture « volée »
– Pour être certain qu'il y a un propriétaire, j'aimerais connaître son nom, car un véhicule qui stationne depuis plus de deux jours, c'est anormal, notre résidence est inquiète et notre bonne concierge hyper connectée (elle aussi) m'a chargé de venir vous voir.
Comment résister à la mine apeurée de ce vieillard simplet, lui donner le nom du propriétaire serait charitable, ce n'est pas tout à fait légal, mais après tout … l'officier remis d'humeur joviale par Philléas qui le consacre mon chénéral chantil, dévoile le nom du propriétaire de la voiture.
– Promettez-moi, d'être correct et de ne pas faire d'esclandre
– Monsieur Quito esclandre, c'est quoi ? Je ne connais pas ce mot, vous savez, j'ai arrêté l'école à quatorze ans…
– « Esclandre » signifie « scandale » ;
– Ah bon, je ne suis guère avancé.
Monsieur Quito a en sa possession un véritable trésor, le nom du propriétaire de la voiture de l'amant de madame Wath .
Il prend congé de l'officier de police en prenant soin d'enfoncer son béret sur les oreilles,en tenant compte du masque : l'effet

est des plus charmants.

Après moult courbettes et les adieux de Philléas,salut chéneral, Eugène quitte le commissariat, il jubile, il possède une arme redoutable, madame Wath le craindra dorénavant.
N'allez pas croire que cet honorable vieillard est si méchant, non, ce qui l'intéresse, les situations scabreuses .
Eugène est machiavélique, il adore ridiculiser les gens qu'il n'apprécie pas. Madame Wath a droit à l'inimitié de son voisin de palier au même, titre que les Dariant, toutefois les hyper connectés, monsieur Tunod, Denis le coach font pratiquement partie de sa famille.
Le nom du propriétaire du véhicule est monsieur Wierth, le vieux roublard se connecte et cherche les Wierth ; il y en a pas mal. Il cherche le prénom Albert.Enfin, notre internaute confirmé trouve un Albert Wierth député LA RÉPUBLIQUE EN MARCHE. Encore un lèche de plus, se dit ce noble penseur.
Il est député, donc il ne se foule pas, il prend du bon temps sur le dos des honnêtes citoyens que nous sommes. Ce cher député a une ou plusieurs maîtresses, avec ces gens-là, on ne sait jamais. Il a sans doute une famille, se dit Eugène, et il va fouiller dans la vie de politiciens.
Abert Wierth a deux enfants grands, une fille de vingt ans et un garçon de vingt-cinq ans, son épouse tient une boutique de marque à Colmar. Tiens, on ira faire un tour dans ce magasin un de ces jours !Je demanderai à mes voisines Éveline et à Sophie

de m'accompagner.
Les autres, je ne veux pas les mêler à cela .
Éveline et Sophie aiment les intrigues autant que lui, quelle belle journée en perspective !
Le lendemain matin, Eugène coche l'attestation de déplacement dérogatoire :
Activité physique, de plein air, promenade autour de votre **domicile (dans un rayon défini par l'arrêté préfectoral)**
– Déplacements liés à la promenade, à l'activité physique individuelle, à l'activité de plein air, aux besoins des animaux de compagnie.
Il met son jogging, ses baskets et n'oublie ni le masque, ni Philléas, son cher compagnon, Eugène se dirige vers le parc jouxtant la rue du Rivoli, il marche, courir trop fatigant. Au détour d'un arbre, il voit avec stupeur venir vers lui l'officier de police qui les a reçus hier au commissariat, trop tard pour prendre un air idiot .
Le policier le salue, puis hoche la tête et dit :
– Vous m'avez bien eu tous les deux.
– Eugène proteste mollement : « Oh non, je ne voulais pas,mais le policier est déjà loin.
– Philléas chalut cheneral
Le policier fait un signe de la main.
Eugène est un peu honteux, mais les événements qui se sont produits ne lui ont pas laissé le choix, pourtant il ira voir Sophie et Éveline, pour un compte rendu.Plus tard, l'honnête citoyen

qu'il est invitera le policier à prendre le café chez lui, et, par la même occasion, il lui présentera ses excuses.

En rentrant, monsieur Quito croise madame Wath tenant son chien Bouly en laisse. Au grand étonnement du septuagénaire, la nouvelle locataire lui fait un signe de tête amical. Eugène s'apprête à enlever son béret imaginaire, il lui rend son salut.
La hache de guerre est presque enterrée, il reste pourtant une dernière chose à accomplir (vous le verrez par la suite).

16 Déjeuner des hyper connectés et des autres

Ce dimanche, Rose et Phil sont à l'honneur, les hyper connectés et les autres sont tous installés autour d'une grande table dans la salle à manger de la conciergerie.
– Éveline, alors comment vous sentez-vous ? Vivre à deux, c'est plaisant lorsque l'amour édicte ses lois. En prononçant ces mots, elle regarde langoureusement Léon, son boy friend. L'homme est pragmatique, il connaît les états d'âme romantiques de sa compagne, il la flatte , il tient à elle, mais ne tombe pas dans une sentimentalité stupide.
– Rose, c'est bien, déjà. Nous nous entendons sur presque tout, et l'appartement aménagé est si accueillant. Encore une fois, tous nos remerciements.
Le chœur, protestations énergiques, ce fut un plaisir, rajoute suave, notre concierge lettrée.
Monsieur Tunod est là, seul, puisqu' il n'a pas de chance, ses liaisons n'aboutissent pas ou sont tout simplement éphémères.Il ira consulter Sophie qui, comme vous le savez, est conseillère sur Amour com; cette pauvre petite dont le destin s'acharne contre elle. Notre chômeuse intrépide et irréductible vient de recevoir un courrier de Pôle emploi,l'invitant (tu parles d'une invitation) à se rendre, à telle date, à un rendez-vous fixé par sa conseillère.

Sophie, dont le moral est sans conteste inébranlable, mettra, comme elle le fait depuis des années, une stratégie au point afin d'obtenir le renouvellement du RSA. Cette fois-ci, elle aura différents plans qu'elle adaptera selon le mastodonte qui la recevra ,elle est excellente comédienne, faites-lui confiance. Son amoureux n'est plus aussi assidu, il semble se lasser des lenteurs exaspérantes de sa compagne. Sophie mettra un point final à leur relation par téléphone, elle n'a jamais été amoureuse de toute façon.

Denis le coach ne manquerait pour rien au monde ces déjeuners où il retrouve sa famille adoptive, que dire de monsieur le curé, qui, lui aussi, est un grand adepte des repas bien arrosés. Ces hyper connectés, il les aime bien, il n'est pas stupide : à part Marguerite, la pieuse paroissienne, les autres résidents n'ont qu'une foi tiède ou inexistante. Peu importe, ils chanteront tous ou presque lorsque la COVID sera éradiquée.

—Alice Buiron, j'ai un tableau à vous offrir, il représente mon petit chat Brutus, puis-je vous l'installer après le déjeune? C'est une copie de l'original, c'est Phil qui l'a peinte exprès pour moi.

—Monsieur Quito, nous irons tous, j'ai hâte de voir l'installation définitive de nos deux jeunes amoureux.
Phil a des sueurs froides, il faut absolument qu'il monte

au troisième étage remettre des choses en place, c'est-à-dire aux endroits stratégiques choisis par les hyper connectés.

—Phil, avec plaisir.

17 Madame Frelon et le beau langage

À la fin du repas, Marguerite Winch sort son recueil de cantiques pieux, mais Bernard l'arrête d'un geste de la main.
– Non, Marguerite, pas aujourd'hui, monsieur a une proposition intéressante à nous faire.
– Monsieur Tunod, seriez-vous d'accord pour que nous nous exercions à formuler de belles phrases, je m'explique, à mieux connaître la langue française, ses détours, ses subtilités ?
– Madame Frelon est enthousiaste, les autres un peu moins, mais pourquoi pas ? Et Alain est professeur et, en plus, il est sympa.
Pour l'anecdote, monsieur Tunod, touché par les efforts de langage de la brave concierge, s'en est ouvert à monsieur le curé et tous les deux ont mis ce stratagème au point.
– Bernard, d'abord, le dessert, qu'en pensez-vous ?
– Le chœur, oh oui !
Eugène et Eveline se regardent consternés, à l'avenir, pour pouvoir parler à la concierge, il faudra avoir le Larousse avec soi. Les conversations promettent d'être trépidantes.
Alphonse, le mari de Lisette, fait la grimace, mais, pour ne pas contrarier sa chère moitié, il sourit suavement et se console en scrutant les desserts délicieux.
Il est temps d'étudier notre bonne langue française.

Pas de masque, comment mangerait- on ? Pas de distance de deux mètres, on se retrouverait sur une autre planète,
ce n'est guère possible. Toutefois, le gel est en abondance on se désinfecte les mains à bon escient.

– Monsieur Tunod, je commence par une formule toute simple. Lorsque vous avez gêné ou vexé quelqu' un malgré vous, par exemple, vous désirez présenter des excuses, que dites-vous ? Le professeur se dresse magnifique au centre du salon, il attend les réponses de ses élèves éphémères, mais rien ne vient, sauf...

–Eugène, je m'excuse.
– Monsieur Tunod, non, vous ne vous excusez jamais. Toutefois, vous demandez à la personne de vous excuser.
– Je vous prie d'accepter mes excuses, voilà qui est correct. Lisette prend des notes sur un calepin, elle n'a pas eu le temps de se connecter à son ordinateur.
– Denis, le coach, tiens, cela me rappelle, monsieur Jourdain, de Molière.
– Alain, si tu veux.
Un autre cas, vous faites la connaissance d'une personne et vous désirez l'inviter à boire un café, que dites-vous ?
–Denis, le coach, viens-je t'offre un café.
–Le professeur, non, vous lui dites, puis-je vous offrir un café ? Je serais très heureux si vous acceptiez.
– Denis, tu sais, Alain, dans notre milieu, les choses se passent plus simplement.
– Le professeur, si jamais un jour vous deviez évoluer dans un

autre milieu, vous auriez une base.
L'assemblée écoute sans entrain, sans ennui non plus et attend la fin de la leçon, sauf madame Frelon qui est aux anges.

— Monsieur Tunod : lorsque vous recevez chez vous une personne de qualité, proposez-lui un siège. Que lui dites-vous ?
— Éveline, asseyez-vous, je vous prie.
— Le professeur, non, vous lui dites : « Acceptez ce fauteuil, il n'attend que vous. »
Rires…
Sophie, on revient au temps pompeux de Louis 14 où je crois que l'on prononçait ces mots, ce fauteuil vous tend les bras, il ne faut pas se rendre ridicule, Alain.
— Le professeur, nous sommes dans un monde plus huppé, il ne s'agit pas de parler ainsi au quotidien, évidemment.
Eugène et Éveline se regardent et se comprennent, notre bonne concierge se servira de ces phrases sans se gêner aucunement. Mais, qu'est-ce qui a pris Alain ? Pourquoi fait-il cela ? Pour aider la concierge, il a bien remarqué les efforts de langage qu'elle faisait ces derniers jours. On n'a pas fini, pourvu qu'elle ne se ridiculise pas trop… qu'elle n'utilise pas le langage de Molière à tout propos !

— Le professeur ou alors vous dites à la personne que vous recevez :
Je vous prie de vous asseoir, cette chaise n'attend que votre bon vouloir.

La concierge est enchantée, elle a appris tellement de choses, bien évidemment, il faudra placer ces phrases élégantes lorsque le besoin s'en fera sentir.

Eugène, Denis, le coach, Éveline, même Léon peinent à réprimer leur fou rire.Ils quittent la pièce deux par deux et laissent éclater leur hilarité dans la cuisine en ayant soigneusement fermé la porte.

Entre temps, Phil le peintre, après avoir fait un clin d'œil à Rose pour l'inciter à donner le change, s'est éclipsé discrètement, il monte au troisième étage et remet quelques bibelots à leur place initiale (celle choisie par l'un des hyper connectés) mais il ne se souvient pas de tous les emplacements.

Tout de même, on aurait dû se douter que l'un de ces jours, la rue du Rivoli voudrait voir l'appartement entièrement installé. Le cours de langue française étant terminé, les hyperconnectés, Monsieur Tunod et Denis le coach, grimpent les escaliers pour se rendre à l'appartement de Rose et de Phil. En entrant, ils constatent d'emblée que certains objets ne sont plus à la place désignée d'office. Alors, sans mot dire, l'un après l'autre, ils vont remettre le bibelot, le vase, là où il devrait être. Cette scène hallucinante se passe le plus agréablement du monde, Rose et Phil veulent donner une explication, les hyper connectés lèvent stoïquement la main pour montrer que le débat est clos. Monsieur le curé a quitté la compagnie, il a une messe à préparer.

Marguerite Winch a les joues roses, elle n'est pas contente du tout, elle qui avait préparé avec le plus grand soin des chants sacrés, au lieu de cela, on a eu droit à un cours de langue française frivole. Elle en discutera avec Bernard dimanche prochain, la future chorale Sainte-Marie exercera ses voix, lorsque la COVID sera passée, une nouvelle chorale verra le jour.

18 La Pharmacie et ses interdits

Monsieur Quito a des médicaments à prendre régulièrement pour soigner sa tension ,la pharmacie des Chardons se situe au coin de la rue des Tulipes, Eugène, ce gentil vieillard prépare un coup de maître.

Il instruit Philléas aussi retors que lui, le perroquet raffole des phrases que lui fait répéter son instructeur, l'oiseau est malin, il apprend bien lorsque les phrases sont intéressantes, c'est-à-dire machiavéliques.

Donc Eugène prépare avec soin sa vengeance ,la préparatrice en pharmacie est une peureuse et une sotte. Chaque fois que ce gentil client franchit la porte de la pharmacie,la duègne lui crie:

— Mettez le masque, c'est obligatoire.

Monsieur Quito fait semblant d'avoir oublié son masque, qu'il cherche désespérément dans sa sacoche (qui ne le quitte jamais, elle lui sert pour les courses et pour un tas d'autres choses)

Il lève les bras impuissants et la madone exaspérée lui donne un masque.

— Mais la prochaine fois, je vous le facturerai.

— Le bon vieillard se confond en remerciements à voix haute (il est malentendant à ses heures) : les clients de la pharmacie sont amusés et l'employé sent le rouge de la honte lui monter aux joues.

Aujourd'hui,Philléas sur l'épaule gauche (son instruction ayant

été soigneusement répétée), vous allez voir... Eugène pousse la porte de son endroit de prédilection, pour le moment, la mastodonte de service crie depuis le guichet qui l'abrite du méchant virus :
– Les animaux sont interdits, monsieur.
Eugène a pris sa canne, ses lunettes, il les a mises dans sa sacoche (en cuir synthétique bleu, pour l'exemple). Sa vue est trouble (il voit très bien et entend parfaitement), il titube jusqu'au comptoir, devant des clients médusés, qui servent de guides à sa canne.
– La préparatrice, vous avez entendu monsieur Quito : pas d'animaux ici.
– Eugène murmure quelque chose à Philléas qui se met à parler. Mécante fem ,gene maladd vieux
– Monsieur Quito, une loi vient de sortir aujourd'hui autorisant toutes sortes d'animaux à servir d'accompagnateurs à des personnes vulnérables, j'en fais partie. Sur ce, il gémit et se tient le bas du dos. Un client accourt et le fait asseoir sur la seule chaise de la pharmacie.
– Philléas pov gegene ,mécante femmm
Les clients entourent Eugène et lui donnent des conseils et surtout se régalent du babillage du bel oiseau.
– Un client s'adresse à la préparatrice en disant : « Comment pouvez-vous être aussi dure avec un homme malade qui n'a pour seul compagnon qu'un perroquet ? Tout le monde est d'accord pour le soutenir. Un véritable tollé s'est levé en faveur

du vieillard malade. »

Le pharmacien accourt, ameuté par le bruit intempestif des voix, il reconnaît son client « préféré », il hoche la tête, il connaît le personnage et, malgré tout le trouve sympathique.
Eugène expose son problème et, exceptionnellement Philléas est autorisé à accompagner son maître, mais il devra porter un masque lui aussi, c'est parfait, Rose s'en occupera.
Monsieur Quito rentre rue du Rivoli, il croise madame Frelon sur son trente-et-un..

– Bonjour, madame. Où allez-vous, vêtue avec tant d'élégance ?
– Madame Frelon (veut utiliser son nouveau savoir; les belles phrases de la langue française n'auront bientôt plus de secrets pour elle).
– Cher monsieur Quito, comme vous me voyez, je rends une visite de politesse à une amie très chère, madame Meyer.
– Amusez-vous bien et surtout, ne nous oubliez pas.
Lisette cherche une phrase qui sort du commun, du langage châtié.
– Il lui vient ces mots, votre amabilité est sans bornes.

Monsieur Quito ira discuter avec monsieur Tunod, il demandera à Éveline de l'accompagner, il lui faut cesser de donner des cours de langage élégant à la concierge, les conversations prennent une allure rocambolesque.

19 Le Député Monsieur Wierth et l'Ultragauche

Monsieur Quito se montre satisfait, ces derniers jours ont été riches en événements, mais il n'en a pas terminé avec ses machinations diaboliques.
Eugène va voir Rose, qui comme vous le savez, est non seulement cartomancienne, mais aussi couturière.
—Eugène, bonjour, Rose. J'ai une faveur à vous demander.
—Rose, entrez, Eugène, si je puis vous aider, j'en serais ravie.
— Eugène, j'aimerais un flocage sur ce t-shirt bleu, si vous pouviez mettre ces mots:vive l'ultragauche !
—Rose, vous n'êtes plus adepte de la collapsologie ?
—Eugène, vous me connaissez mieux que personne, Rose, je ne suis adepte de rien du tout, j'aime provoquer, c'est tout.
Rose sourit, elle sait et se doute bien qu'il y a anguille sous roche.
—La couturière, je vais faire cela le plus vite possible, je suppose que vous êtes pressé.
—Monsieur Quito, vous seriez bien aimable, Rose.
Maintenant, il s'agit d'apprendre quelques mots à Philléas en vue de la réalisation de son projet.
Philléas en bon élève, répète les mots après son maître.
—Melhon présiden

—Non ,Philléas, prononce bien Mélanchon

Après moult essais l'oiseau progresse et le vieux rusé se frotte les mains, je pense que vous avez compris ce que trame cet esprit diabolique.

M. Quito sait quels jours, chaque mardi et jeudi, ce cher député de La République en marche rend visite à sa voisine de palier, madame Wath, et ce, toujours à la même heure, 17 h (l'amour a ses codes et un rituel bien établi ne saurait lui nuire).

Nous sommes mardi, monsieur Quito, fébrile, guette la voiture de monsieur Wierth l'amant de madame Wath, lorsqu'il voit arriver le véhicule, il fait rapidement répéter à son perroquet les mots essentiels, sans quoi son plan s'effondrerait, puis il sort en omettant son masque .

Philléas est ravi, il est perché sur l'épaule gauche de son maître et l'ambiance latente lui rappelle qu'un événement historique va se produire.

En effet, la porte d'entrée s'ouvre et le député émoustillé apparaît dans un complet gris assorti à un masque des plus hideux,il est légèrement surpris de rencontrer monsieur Quito sur le palier.

Ce dernier a bien entendu revêtu son t-shirt sur lequel le flocage indique vive l'ultragauche,Eugène ne laisse pas le temps au député de réagir, il se précipite vers lui, affable comme jamais, et lui fait du pied.

– Monsieur Quito, permettez-moi de vous saluer, cher député, avec le pied, puisqu'il n'est plus possible actuellement de se donner la main.

Monsieur Wierth est stupéfait, il allait répondre au bonjour intempestif de son cher « voisin « lorsque ce dernier renchérit.

– Quel bonheur d'avoir un député comme vous ! Le Parti « En Marche » est un parti récent, mais vous avez l'avenir devant vous !

Le député est sidéré, mais comment ce vieux rusé a-t-il réussi à connaître son nom ? Il bredouille un bonjour maladroit et sonne à la porte de madame Wath, qui voyant son voisin rougit, elle comprend tout de suite qu'il s'est passé quelque chose de trouble, elle salue monsieur Quito, qui répond avec ostentation en brandissant fièrement son t-shirt. Les deux amoureux disparaissent vite derrière une porte close.
Eugène est le plus heureux des hommes, il a réussi tous ses coups fourrés, dorénavant, ce cher député ne dormira plus tranquille, la peur sera son éternelle compagne.Eugène est certes machiavélique, mais il n'ira pas jusqu'à dénoncer les frasques de monsieur Wierth à son épouse.

20 Madame Winch, Madame Buiron adopte un petit chien

Vous connaissez l'amour qu'Alice Buiron porte aux animaux ? Elle a communiqué sa passion à son amie Marguerite Winch, qui, bien que catholique fervente et dévouée à son cher curé Bernard, trouve le temps de s'occuper d'animaux délaissés par leur maître.
Alice lui propose ce matin de l'accompagner à la Spa
— Alice, si tu le veux bien, rendons visite à ces pauvres bêtes et j'ai mis un peu d'argent de côté afin de faire un don à l'association.
— Marguerite, je ferai un chèque et c'est avec plaisir que je viens avec toi Alice.
Le trajet en tram n'est pas long et les deux amies bavardent elles discutent de la nouvelle locataire madame Wath
— Alice, je ne la trouve pas très avenante, en plus, elle reçoit son amant, aux dires d'Eugène c'est peu convenable, surtout s'il s'agit d'un homme marié.
— Marguerite est charitable, elle va s'habituer à notre résidence et peut-être un jour fera-t-elle partie des hyper connectés ?
— Alice. Impossible, nous sommes trop hyperconnectés. Il s'agit de notre communauté ; personne d'autre n'en fera jamais partie, surtout pas elle.
— Marguerite, laissons-lui une chance ? Nous ne connaissons pas

cette dame et, si elle vit dans le péché, ce n'est pas à nous de la juger. Dieu est le seul à pouvoir lui pardonner.

À la Spa, la visite est plutôt douloureuse, de voir ces animaux abandonnés par leurs maîtres, quelle honte! Disent les vieilles dames. Au chenil, un petit caniche gris aboie plaintivement pour qu'on le remarque, ce qui ne manque pas de se produire.
— Alice, il est si mignon, qu'en penses-tu Marguerite ?
— Je suis de ton avis, Alice.
Impossible de quitter les lieux, madame Buiron est hypnotisée par ce petit chien, qui se rend immédiatement compte qu'il joue son avenir.
Il fait le beau, il prend des poses adorables et... Alice craque, elle décide d'adopter ce caniche. Marguerite aimerait en faire autant, mais n'ayant jamais eu d'animaux auparavant, son petit chat Ange lui suffit.
L'adoption est rapide, la Spa est heureuse de trouver un foyer à ces pauvres bêtes délaissées. Les deux amies font un don à l'association qui les remercie vivement.
— Marguerite, comment nommeras-tu ce petit caniche ?
— Alice, j'ai pensé à César
— Marguerite, excellent, tu auras toute la famille puisque Brutus était le fils adoptif de l'empereur César.
Le petit caniche trottine heureux aux côtés des deux dames, il est joyeux, il change de maison, l'avenir lui sourit.

Brutus, le maître de céans, voit arriver dans sa vie un petit caniche gris au pelage bouclé, César en bon comédien, va directement vers le chat de la maison et le salue avec effusion. Brutus se redresse, fier et protecteur, il adopte derechef ce nouveau copain, Ange se frotte contre le petit caniche et lui souhaite la bienvenue à sa manière.

Brutus est débordé, il doit s'occuper d'un nouveau membre de la famille, en plus d'Ange. Comme vous le savez, il a également beaucoup de projets.

L'horloge murale du salon a été changée, mais c'est encore pire : ce monstre sonne toutes les heures de façon hallucinante et ce bruit strident l'importune vraiment. Il faut donc faire tomber cette chose, mais, avant tout, il faut trouver le bon moment, sans témoins, et être seul. Ce sera plus facile dans le futur, il demandera de l'aide aux chats de gouttière, qui sont très ingénieux.

Ensuite, le canapé avec son tissu vieillot, il faudra le griffer, l'abîmer pour que sa maîtresse en achète un autre.

Surtout, ne croyez pas que Brutus n'est pas attaché à sa maîtresse. Il l'aime beaucoup, mais il a un besoin de faire des coups fourrés : il tient de monsieur Quito, de Philléas. Si ces trois vivaient ensemble, un thriller verrait le jour.

En attendant, un petit chien a rencontré un foyer aimant et c'est l'essentiel.

21 Madame Frelon et notre belle langue française

Lisette, encouragée par sa dernière leçon (il n'y en a pas eu une autre depuis), se met tous les matins devant son miroir. Elle récite des phrases types qu'elle a glanées dans ses revues insipides, puis adaptées à sa manière.
Voyons, si je rencontre une connaissance, je lui dis :
– Lisette, je vous transmets un bonjour des plus agréables, votre rencontre me remplit de joie
Je rencontre un voisin : « Monsieur, que la journée vous soit favorable. »
Je me rends dans un magasin essentiel (ne pas oublier, nous sommes en pleine COVID) je m'adresse à la vendeuse, donc à une subalterne : Bonjour madame, je souhaiterais goûter à ces croissants qui me semblent avenants.
Avenant, Lisette a cherché dans son dictionnaire et l'adjectif est tout à fait approprié.
La patronne en personne s'occupe de moi.
– Chère dame, permettez-moi de vous saluer, auriez-vous la bonté de me tendre ces croissants dont l'odeur fait frémir mes narines.
Ce matin, notre bonne concierge, affublée de son masque à fleurs, et de son indispensable gel se rend dans un commerce essentiel, évidemment dans ces magasins, il y a peu de vendeurs, voire aucuns ; Lisette emploiera son langage courtois,

sophistiqué (un terme qu'elle a eu du mal à assimiler, mais à force de le répéter, maintenant elle est prête à s'en servir).
— Lisette s'adressant à la caissière.
Madame, je vous salue et d'avance, je vous remercie de prendre soin de mes articles, ce travail vous honore.
— La caissière ébahie regarde madame Frelon rayonnante dans une robe lilas assortie au masque du jour.
— La caissière a mal compris la phrase de la concierge et prend la mouche.
—Madame, je suis consciencieuse et je ne jette pas les denrées sur le tapis, comme vous dites, j'en prends soin.
Derrière, une file s'est formée, un monsieur sexagénaire ayant écouté les échanges verbaux fait une remarque.
— Le monsieur, ici, vous n'êtes pas à l'Académie française, parlez un français normal, svp, en plus, vous retardez tout le monde, les clients suivants approuvent avec emphase.
Notre bonne concierge ne se décourage pas, elle a affaire à des illettrés, c'est l'évidence
—Lisette, je vous conseille d'étudier la langue de Molière.
—Casse-toi, tu nous e...avec tes âneries, lui répond un client excédé
— Lisette, vous êtes tous des incultes.

— Un client, barre-toi ! On s'en balance de ton Molière.
Madame Frelon quitte le magasin vexée, pourtant, elle a bien

appliqué les phrases que l'on prononce usuellement, elle va en discuter avec le professeur Tunod.

En ouvrant la porte d'entrée de la rue du Rivoli Lisette croise madame Wath, c'est le moment d'utiliser la formule consacrée lorsque l'on rencontre une personne de qualité.
— Madame, permettez-moi de vous présenter mes salutations les plus distinguées et de vous souhaiter une journée des plus enchanteresses.
— Madame Wath est stupéfaite, elle salue la concierge d'un bonjour, madame, et puis s'en va
À quoi joue la concierge ? Pourtant, il y a quelque temps, elle usait encore d'un Français normal, cette résidence est des plus étranges, mais je ne connais pas encore les autres résidents. Notre bonne concierge ne se rend compte de rien : pour elle, parler la langue de Molière consiste à élaborer des phrases élégantes. Les gens ne l'entendent pas de cette oreille, on commence à jaser et les propos ne sont pas flatteurs.
Lisette continue sa tournée des magasins essentiels (il n'y en a pas beaucoup), elle coche la case qui correspond sur l'attestation de déplacement dérogatoire: Santé, consultation et soins.
La pharmacie n'est pas très éloignée de la résidence rue du Rivoli, il s'agit de la même où monsieur Quito s'est distingué il y a de cela quelques jours.
Ces personnes sont instruites, elles sauront comprendre le message tacite de mes phrases savantes, je ne risque pas d'être

insultée, bien au contraire .

Madame Frelon pousse la porte de la pharmacie, sûre de son fait, elle porte son masque à fleurs,une robe où les roses s'épanouissent,elle s'apprête à affronter ces érudits qui, bien évidemment, sauront qu'elle appartient à leur société.
– Le pharmacien, bonjour madame Frelon, que puis-je pour vous ?
– Lisette, bonjour, monsieur, j'ai consulté Internet et je vous affirme que j'ai des palpitations d'ordre fonctionnel, des vertiges qui sont le résultat d'un dysfonctionnement au niveau du foie. Je ne suis point savante, ignāra sum,vous comprenez le latin, monsieur Dotra. Donc, votre savoir me sera d'un grand secours.
Le pharmacien est sans voix, il connaît la concierge depuis longtemps et jusqu'à aujourd'hui tout allait bien, de quelle pathologie psychique souffre-t-elle ?
Soyons patients, nous avons affaire à une malade psychique.
– Le pharmacien gêné,un petit cercle de curieux s'était agglutiné derrière madame Frelon, et ce, malgré les deux mètres de distance réglementaire.
Des sourires sont échangés, certains ricanent et d'autres tendent l'oreille afin d'entendre la réponse de monsieur Dotra.
Il faut préciser que Lisette a parlé suffisamment fort pour que les clients puissent bénéficier de ses propos.

–Monsieur Dotra, Chère madame, sur Internet, on peut trouver tout et n'importe quoi, je vous conseillerai vivement de consulter votre médecin traitant.En attendant, je vais vous prescrire une potion qui calmera vos vertiges, mais pour ce qui est de la cause, faites comme je vous ai dit.

— Madame Frelon, en haussant la voix pour être entendue de tous, je suis votre obligée, votre verdict est d'une justesse inouïe. Je suis votre servante, monsieur.
Sur ce elle incline la tête et s'en va sous les rires étouffés des curieux.

22 Monsieur Quito lanceur d'alerte

Pour se désennuyer et surtout pour créer une polémique, Eugène, ce vieillard dont la bonté n'est plus à prouver, décide de se rendre à la pharmacie du coin.

Il remplit scrupuleusement son attestation de déplacement dérogatoire, en cochant « santé » et « urgence ».

Philléas sur l'épaule droite de son maître observe la rue ,il guette les passants masqués et repère un monsieur dont la démarche peureuse attire l'attention de cet oiseau si gentil,en passant à côté de lui, il lance un cocorico qui réveillerait un mort, au grand dam des quelques passants .

Eugène est content, il s'arrête au niveau du voisin (d'un immeuble) et adresse ses excuses les plus plates au grincheux courroucé,qui hoche la tête et lance un regard fielleux à la sale bestiole qui semble ricaner.

La pharmacie voit arriver un vieux monsieur s'appuyant sur une canne et se tenant les côtes (de douleur sans aucun doute)le perroquet joue à merveille son rôle de protecteur,il s'ensuit un dialogue entre Philléas et son maître qui intéresse vivement les clients curieux.

– Le perroquet saluu toous.

immédiatement un cercle se forme autour du bel oiseau, tous veulent un mot ,une parole de Philléas Opération réussie,sur ce le pharmacien arrive, prévenu par son employée modèle, il fait signe à Eugène de le suivre dans son officine, il veut lui parler c'est urgent, précise-t-il.

—Monsieur Quito, si c'est à cause de mon animal protecteur...

— Monsieur Dotra, non, c'est à cause de madame Frelon. Elle inquiète : elle utilise des mots qu'elle ne comprend pas et ses phrases n'ont aucun sens. Dernièrement, il y a de cela deux jours, elle s'est présentée à la pharmacie. Croyez-moi, les clients se sont moqués d'elle, mais apparemment elle ne paraissait pas s'en offusquer.

— Eugène, je vois, en ce moment, notre bonne concierge veut à tout prix parler un français élégant, en plus ces deux nigauds, le curé de Sainte-Marie et le professeur Tunod l'encouragent, ils lui ont donné un cours jusqu'à présent.
Je veillerai à ce qu'il n'y en ait plus d'autres et je vais réunir les hyper connectés..
— Monsieur Dotra, les hyper connectés, c'est qui ?
— Mais, c'est nous, les résidents de la rue du Rivoli, qui, à notre âge, surfons sur le web et nous avons tous pris des cours d'informatique à cyber plus. Nous sommes des personnes HPI. Le saviez-vous, cher ami ?
—Le pharmacien, euh non, je l'ignorais et je suis vraiment surpris de ne l'apprendre qu'aujourd'hui. Je vous félicite pour votre exploit collectif, je crois.

Monsieur Quito se rengorge, Philléas en fait autant (il porte lui aussi un masque), confectionné par Rose, un masque aux couleurs si bizarres qu'il est impossible de différencier le bleu du vert, le rouge de l'orange.

– Je vais m'occuper de remettre Lisette sur rail, elle se couvre de ridicule dans chaque commerce (essentiel) où elle met les pieds, cela ne peut plus durer, je vous remercie de m'avoir averti.

– Le pharmacien moqueur, n'oubliez pas votre canne et surtout, tenez-vous les côtes ,ou boitez, c'est selon le scénario que vous aurez choisi, cher monsieur.

Monsieur Quito toise le pharmacien et hausse les épaules.

Il n'est pas hyper connecté comment un simple mortel pourrait-il comprendre un HPI. Eugène rentré rue du Rivoli, envoie un e-mail à ses chers hyper connectés, ainsi qu'à monsieur Tunod libellé en ce sens :

Chers tous, réunissons-nous le plus rapidement possible, il y a urgence. Lisette devient la risée du quartier.

Eugène

Éveline Feuilly réagit vite, elle sait que la concierge s'absentera mercredi après- midi pour visiter madame Meyer, confinée chez elle comme le reste de la population. Guettons son départ, ensuite si Alice Buiron est d'accord, nous pourrions nous réunir chez elle .

L' e-mail est envoyé aux résidents et tous proposent, selon une habitude bien ancrée d'apporter le dessert. Alice est bien entendu ravie de recevoir ses amis hyper connectés et de leur présenter par la même occasion son petit caniche César.

Madame Frelon n'a pas perdu de temps, debout, chaque matin devant son miroir, elle répète des phrases élégantes de la langue française, glanées un peu partout. L'ennui, c'est qu'elle ne sait pas faire la distinction entre une phrase polie et une phrase où les métaphores nombreuses ridiculisent celle qui les utilise (Lisette en l'occurrence).

Alphonse, son époux, est confiné à la maison pour le moment : il ne voit plus ses copains d'usine, en plus les parties de pêches sont tombées à l'oubli. Alors, l'époux s'ennuie. Il ne se prétend pas être un intellectuel et il ne lit plus sa revue mensuelle sur la pêche.Les simagrées de sa chère moitié devant la glace lui portent sur les nerfs,mais il sait à quel point Lisette désire parler un français parfait, alors il se tait et se montre indulgent.Tout de même, il a rencontré hier un résident d'un immeuble voisin qui l'a regardé bizarrement, puis a souri de façon ambiguë. Alphonse n'a guère apprécié ; son instinct lui a soufflé qu'il s'agissait du comportement actuel de sa femme.Sa décision est prise, si quelqu'un peut aider Lisette et la conseiller c'est bien Eugène Quito, il ira le voir.

— Alphonse, je mets mon masque et je rends visite à Eugène,

histoire de me changer un peu les idées.

— Lisette, va mon brave (j'ai du travail, les escaliers à nettoyer) et après le déjeuner, j'irai rendre visite à cette excellente madame Meyer.

Le mari sonne à la porte de monsieur Quito, qui lui ouvre, portant un jogging et un tee-shirt aux armoiries de la collapsologie.

Les deux hommes s'apprécient. Philléas salue courtoisement son hôte sur ordre de son maître.

— Salut Alphonse

Eugène propose une boisson : alcool, café ou thé.

— Alphonse, un café, je viens te voir, car Lisette m'inquiète. Tous les matins, devant son miroir, elle dit des mots et des phrases que je ne comprends pas. Monsieur Tunod et le curé n'auraient jamais dû l'encourager dans cette voie ; elle se ridiculise partout où elle va. Je suis certain que tu peux m'aider à lui faire retrouver la raison, cher voisin ?

— Monsieur Quito, justement, nous allons nous réunir chez Alice Buiron afin de trouver une solution, si tu veux te joindre à nous, tu seras le bienvenu.

— Alphonse, elle va rendre visite à l'excellente dame Meyer ! C'est ce qu'elle m'a dit ! Imagine un peu !

— Eugène, nous devons la désintoxiquer. Alain et Bernard ne se sont pas rendu compte de la connerie qu'ils ont faite. Il faudra m'avertir dès qu'elle sera partie, je mailerai les hyper connectés, nous aurons deux bonnes heures devant nous avant que notre bonne concierge ne revienne de chez cette excellente amie, madame Meyer.

Entre-temps, Lisette se rend chez son amie pour prendre le dessert.

— La concierge, bonjour, chère amie, comment se porte ta santé ?

— Madame Meyer a eu des échos quant aux propos ridicules que tient Lisette ,donc elle n'est guère étonnée .

— Madame Meyer, bonjour, Lisette, ça va ? La dame opte d'emblée un ton simple en souhaitant que l'autre comprenne le message. Hélas, c'est sans compter la naïveté de la concierge persuadée d'être une femme de lettres.

Son amie use d'un langage simple, voire simpliste, mais Lisette refuse de tomber aussi bas . L'après- midi est néanmoins agréable, Madame Meyer a souvent du mal à réprimer un fou rire, on se quitte sans s'embrasser.

— La concierge, au revoir, chère amie, je te mailerai tantôt afin d'échanger nos impressions virtuelles, grâce à cette phrase, madame Frelon se sent transportée où ? Dans les limbes peut-être ?

23 Stratégie mise au point par les résidents

Dès le départ de sa chère épouse, Alphonse se jette sur son téléphone et prévient monsieur Quito, qui prévient les résidents tous collés à leur ordinateur .
Madame Buiron les attend avec à ses côtés Marguerite Winch . Les animaux dits de compagnie sont dans une autre pièce sous la garde de Brutus le maître de maison .
– Alice, installez-vous, j'ai préparé du café,du thé et nous avons confectionné, en votre honneur, Marguerite et moi-même, un gâteau au chocolat.
Les papilles frétillent, les hyper connectés et Alain Tunod s'asseyent en remerciant leur « excellente voisine » de les recevoir afin de trouver une solution à la nouvelle phobie de la brave concierge.
– Eugène, si vous le permettez, je vais résumer la situation. Ah ! J'oubliais : Bernard vous prie de l'excuser, il ne lui est pas possible de se joindre à nous, mais est tout à fait d'accord pour appliquer à Lisette une thérapie d'urgence. Rose et Phil ainsi que Denis le coach sont au boulot, ils vous prient de les excuser, mais ils tiennent à connaître le résultat de nos délibérations .
– Eugène, Lisette, pour je ne sais quelle raison, s'est mise en tête de parler un français des plus châtié, or il se trouve qu'elle se ridiculise partout où elle va et en ce moment où le Covid règne

en dictateur, il y a peu d'endroits où l'on puisse aller.Mais notre bonne concierge parvient à attirer l'attention sur elle de manière négative. Je vous ai demandé de venir, car j'aimerais que nous trouvions ensemble une solution pour qu'elle retrouve sa personnalité. Si vous avez des suggestions, n'hésitez pas !

Nos hyperconnectés et monsieur Tunod ont discuté âprement de la manière de faire en sorte que la gentille concierge soit elle-même. Car, en ce moment, elle est à cent lieues de la terre.

— Alain, je suis désolé. Bernard et moi avions cru bon de donner une leçon de la vieille langue française à Lisette.Jamais nous n'aurions cru qu'elle déraillerait de la sorte.

— Éveline Feuilly :dérailler c'est très juste,le verbe convient parfaitement, on pourrait lui parler,essayer de lui expliquer .

— Non, madame Buiron réagit vivement, elle n'accepterait pas que nous lui suggérions de parler normalement, je pense qu'il faille un choc salutaire où elle comprendrait qu'elle fait fausse route.

— Marguerite Winch, si timide et effacée, demande la parole qui lui est accordée.

— J'ai une idée, dites-moi si vous la trouvez acceptable : il faut soigner le mal par le mal. Lisette parle (elle essaie) vieille France, donc nous allons nous servir de l'argot.

Les regards perplexes se tournent vers leur voisine et tous applaudissent en chœur.

— Eugène, c'est tout simplement génial, mais oui, nous allons parler argot. Lisette n'est pas sotte, elle se posera des questions puis finira par comprendre.

—Éveline, exerçons-nous, les amis.

— Cette tarte est excellente, donne pas dégueu tu m'en refiles une part.

— Eugène, je vous prie de vous asseoir, monsieur, donne, pose ton cul sur une chaise, mec.

— Alice Buiron. Le soleil nous réchauffe de ses rayons, on va crever de chaud.

— Marguerite Winch, j'ai une douleur tenace dans le dos donne: un mal de chien, mon dos est foutu.

— Eugène, le prix de l'électricité a grimpé donne:ces entubés m'ont encore piqué mon fric.

—Alain, ma petite retraite n'a toujours pas été augmentée, donne ces fainéants de l'administration s'en foutent plein les poches .

— Alphonse, ce rôti est un délice, je me suis régalé, donne : je ne vais pas crever de faim à l'heure qu'il est.

– Sophie, j'ai une petite faim, donne, je crève la dalle.

Monsieur Quito mène les débats, donc il conclura la réunion sur une promesse d'appliquer cette méthode dès que l'un d'entre eux aura affaire à la brave concierge.

– Mes chers hyper connectés HPI, nous allons nous séparer. Nous appliquerons cette thérapie dès que l'occasion s'en présentera. Toi, Alphonse, tu commences tout de suite. Dès que Lisette seras rentrée.

–Éveline. HPI, c'est quoi ?

– Eugène, haut potentiel intellectuel ;

– Alice Buiron, oui, mais comment le prouver ?Il nous faut passer des tests.

– Eugène, je trouverai le test adéquat sur internet et nous le passerons virtuellement, même sans tests, nous sommes des HPI.

– Sophie, c'est clair, nous sommes des internautes avertis, moi je suis plus jeune que vous, mais vous, à votre âge, avez réussi un véritable exploit.

– Alphonse, c'est vrai, ma Lisette est très intelligente.

 Alice Buiron se rengorge, Marguerite Winch rougit et monsieur Quito grandit d'un centimètre .

À peine dans son appartement, le téléphone sonne, madame Meyer s'inquiète, notre Lisette n'est pas elle-même en ce moment, qu'en pensez-vous, très cher ami ? (pour utiliser les mots de la concierge)

Eugène lui explique ce que les hyper connectés ont mis au point. Madame Meyer lui dit qu'elle a sciemment utilisé des mots simples, voire simplistes, pour répondre à son amie.

– Eugène, nous la guérirons de sa phobie, faites-nous confiance. .

24 Thérapie de choc

Le lendemain matin de bonne heure, notre excellente concierge masquée (un masque à fleurs svp) nettoie avec une nouvelle ardeur la rampe d'escalier. La curiosité la pousse à s'attarder sur une rampe parfaitement propre. Mais la colère la tient depuis hier au soir où son époux a répondu à ses phrases élégantes par des paroles qui frôlaient la vulgarité.
– Madame Frelon, ce repas te sied-il ?
– Alphonse, je me remplis la panse, tu vois bien
– Reprendras-tu de ce gâteau délicieux ?
– Alphonse apporte un gros bout, j'ai la dalle.
Madame Frelon ne s'est pas mise devant son miroir ce matin tellement elle était perturbée. Son mari est confiné à la maison et passe ses journées à jouer au loto ou à bricoler, la pêche n'est pas essentielle. La faute à ce maudit virus, Alphonse pourrait mettre son désœuvrement à profit et s'instruire. Mais non, il regarde la télévision ou téléphone à ses copains de boulot.

— Bonjour, Lisette. Alain Tunod (cette dernière est soulagée, enfin quelqu'un d'instruit avec qui échanger).
— Bonjour, Alain, que pensez-vous de cette chaleur bienfaisante qui envahit notre planète (elle parle du soleil, nous sommes au mois de juin)

— Alain, on commence à crever de chaud, c'est plutôt ça bonne journée, Lisette.
La concierge est pantoise, mais comment est-ce possible qu'un professeur de mathématiques use de mots aussi vulgaires !
Sophie descend à son tour (c'était combiné entre eux), quand j'écris descend, cette charmante personne glisse furtivement durant vingt minutes sur les marches d'escalier. Enfin, la diva fait son entrée, un sac à provisions à la main (masquée et munie de gel hydroalcoolique), ce qui est inhabituel, car Sophie n'est pas une personne très matinale.
— Lisette, bonjour, Sophie, où vous rendez-vous à une heure aussi matinale ? (il est neuf du matin, il faut le préciser)
— Bonjour Lisette, les croissants n'ont pas l'air dégueu au centre commercial, je vais m'en envoyer quelques-uns, bonne journée.
La concierge n'en revient pas : quel langage ! Mais comme ils sont vulgaires, Alphonse, le gentil mari, lui parle mal, et ces deux voisins en font autant.
Lisette pensive termine de lustrer la rampe d'escalier, étrange, mais moi, je continuerai envers et contre tout à perfectionner mon français! Et tout à coup, n'étant point sotte, elle comprend.
Ils se sont vus hier pendant que je rendais visite à mon amie, madame Meyer, ces roublards ont mis une stratégie au point pour que j'abandonne la parole élégante. À peine a-t-elle le loisir de s'appesantir sur sa découverte, que deux portes s'ouvrent en même temps. Madame Wath et monsieur Quito se croisent et se saluent poliment. Philléas est de la partie, bien entendu.

Se souvenant que la brave concierge perd la boule en ce moment la nouvelle résidente lui adresse la parole.
—Madame Wath le ciel est d'un bleu idyllique, cette journée sera enchanteresse.
Il vaut mieux être dans les bonnes grâces de la concierge, elle pourra m'être utile un jour !
Sur ce, Eugène s'empresse de répondre à la place de Lisette, stupéfaite.
—Je bouge mes fesses, je vais au parc, mon perroquet me casse les oreilles avec ses conneries.
Madame Frelon n'a plus de doutes ,oh elle les aura ces hyper connectés !
—Bonne journée à tous les deux, je termine mon nettoyage.Sans le faire exprès, la concierge parle normalement ,les deux autres s'en rendent compte Eugène se frotte virtuellement les mains et se dit que la thérapie de choc fait ses effets.
Madame Wath est persuadée que la concierge souffre de problèmes psychiques.
Madame Frelon regagne son logement et va voir son époux.
—Lisette, dis-moi ce que vous avez combiné hier lorsque je me suis absentée, vous parlez vulgaire pour que je cesse d'utiliser une langue châtiée, c'est bien cela ?
—Alphonse oui, ma chère femme, il faut que tu redeviennes comme tu étais auparavant, cesse de te couvrir de ridicule et

sois normale et intelligente.

Lisette n'en doute plus, mais les paroles de son époux l'ont émue, elle fond en larmes,Alphonse l'enlace et lui dit, nous avons fait cela pour ton bien, je ne veux pas que les voisins des immeubles jouxtant le nôtre se moquent de toi.
La concierge a compris, elle n'a pas inventé l'eau tiède, mais n'étant point sotte, elle se range aux avis de son époux et des hyper connectés (et des autres) : l'affaire est close.

25 Didier le coach et Phil le peintre

Des nouvelles de Denis, le coach ! Eh bien, le jeune homme fait comme beaucoup de braves citoyens qui font du télétravail. Il donne des cours d'informatique par Skype, et figurez-vous que ses meilleures clientes sont…. Devinez ? Mais les professeurs de cyber plus.

Ces gentilles dames s'ennuient profondément alors les cours de leur coach tombent à pic. Sauf que les dames âgées, autrefois charmantes, se sont métamorphosées en harpies :l'une est passionnée de sciences et d'astronomie, l'autre de géographie et la troisième de bouddhisme.

Elles posent des questions hallucinantes à ce malheureux Denis, dont l'instruction est sommaire, et surtout le dernier de ses soucis. L'informaticien doit fouiller le net pour trouver les réponses aux questions extravagantes de ses clientes. Il a tout simplement décidé de ne pas trop se fatiguer et de se servir des sites qui répondent à peu près aux questions ubuesques des dames si instruites.

Exemple : Mars a été habité. J'en veux la preuve. Il y a des rivières ou des cours d'eau asséchés. Peux-tu te renseigner auprès d'un scientifique renommé ?

Didier en off (tu rigoles, vieille taupe ;wiki me donnera la réponse et tu t'en contenteras)

La seconde personne souhaite obtenir des informations sur la superficie de l'Atlantide, continent englouti par les eaux, sur le nombre exact d'habitants au moment du drame, et sur la véracité de la présence d'extraterrestres parmi les citoyens de ce lieu hors du commun.

La réponse du coach sera, elle aussi, exceptionnelle : il fouille un site ésotérique, il traite justement de la probabilité qu'il y ait des extraterrestres vivant sur l'Atlantide. Il copie le texte tel quel et l'envoie à sa cliente. Ah, le nombre d'habitants ! Voyons voir sur Wiki… C'est bon, envoyé !

La troisième désire étudier à fond le bouddhisme. Ne sait-on jamais un jour, peut-être, sera-t-elle la deuxième femme au Tibet, à l'instar d'Alexandra Neel.

Pas de souci, Denis se débrouille, il trouve un documentaire très complet sur le bouddhisme et lui expédie en même temps un lien pour lire la vie de la grande exploratrice surnommée Lampe de Sagesse.

Ces dames peuvent très bien trouver elles-mêmes les informations dont elles ont besoin, mais, non ! Le coach est payé, il n'a qu'à honorer son contrat. Ce qui agace Denis est le fait que ses clientes portent un masque et ont le gel hydroalcoolique à portée de main, c'est d'un ridicule ! Le coach leur explique que le vilain virus ne traverse pas les écrans. Rien n'y fait, ces furies craignent les ondes nocives qui polluent les écrans, d'ailleurs une revue scientifique tenue par d'éminents savants (on s'en tape, pense Denis) a rendu son verdict récemment. Pour dialoguer, c'est compliqué, le coach a une idée : Phil le peintre dont l'atelier de peinture est fermé actuellement, à cause de la covid, pourrait lui donner un coup de main, par exemple, proposer des cours de peinture à ces vieilles chouettes qui s'ennuient et qui ennuient les autres.

Phil accepte, il est charmeur, il saura conquérir les furies, Denis en est persuadé.

Effectivement, par Skype, le peintre demande à l'une de ces dames si elle aime la peinture.

Madame Lucette en raffole, elle est amatrice de peinture contemporaine et Phil se rend compte qu'elle s'y connaît vraiment.

— Seriez-vous prête à prendre des cours de peinture à distance, c'est possible.

— Madame Lucette, j'en serais ravie, mon désir a toujours été de savoir peindre.

OK les cours débutent, le prix des cours est mis au point, pas trop cher puisque c'est au black et, comme par enchantement, la vieille dame acariâtre se métamorphose. Le charme de Phil agit : Lucette laisse tomber son masque, se poudre les joues (même visible à l'écran) et se maquille les lèvres. Elle roucoule. Le peintre est ennuyé, car la dame lui fait de discrètes avances qu'il feint d'ignorer.

Didier, le coach, est ravi, il s'amuse beaucoup et se débarrasse de vieilles chouettes en les donnant à son ami, le peintre.

Les deux autres profs, alléchées par les perspectives d'un tête-à-tête avec un homme seyant et affable, sollicitent le peintre à leur tour ; le prix des leçons est correct .

Bizarrement, ces dames sont transformées : plus de masque, elles minaudent, elles deviennent agréables. Denis est soulagé. Heureusement, il a des clientes adorables à qui il donne des cours à distance (Skype) et qui le rémunèrent par son association cyber Plus, en attendant la fin du covid.

Les deux copains s'entendent à merveille et travaillent la plupart du temps dans l'appartement que Phil habite avec Rose, sa compagne.

Rose travaille à domicile pour une maison de couture, elle fait des ourlets, des retouches et s'occupe de la finition de certains vêtements, un livreur dépose un paquet sur son palier, après avoir sonné, puis ce dernier s'enfuit très vite sans avoir vu la couturière.

La cartomancienne ne chôme pas non plus, elle a de nombreux clients qui lui demandent une séance de voyance par téléphone, Rose n'est pas stupide, elle n'accepte que les bons payeurs, le radin la supplie de lui accorder une voyance par téléphone, il promet de payer, mais Rose connaît l'énergumène, il n'a pas de chéquier (les banques sont tous des voleurs, de carte bancaire, il n'en possède pas non plus).La cartomancienne sait que le radin ne s'acquitterait pas de la somme exigée : il lui mettrait la somme dans sa boîte aux lettres sans enveloppe, bien entendu, et il manquerait quelques euros .

Phil et Rose s'entendent bien, leur amour est calme ils ne sont plus si jeunes et sont heureux d'avoir fondé une famille,ils ne déplacent plus les objets dont l'emplacement a été choisi avec soin par les hyper connectés leur deuxième famille.

26 Madame Wath

La nouvelle locataire a changé de look, elle qui s'habillait rétro avec des vêtements certes de prix, mais guère à la mode, porte à présent des pantalons dernier cri et des robes à couper le souffle. La coiffure démodée, le fameux chignon où les cheveux ternes étaient à l'honneur, est remplacée par une coupe excentrique.Et une coloration où le bleu agrémente la teinture auburn.

Bien évidemment, son poids n'a pas diminué, sa corpulence est la même, mais on dirait une autre personne, Évelyne est verte de jalousie, elle confie ses doutes à la concierge.

—Lisette, cette dame a de l'argent, c'est visible, elle n'est pas de notre monde, en plus elle est entretenue par ce député du partie présidentiel, moi je ne peux pas rivaliser, mais je me contente de ce que j'ai.

— Éveline, d'accord, une parenthèse, avez-vous vu récemment le fameux député Wierth ? Moi, non. Je me demande si la liaison est caduque. C'est un scandale : il s'agit d'un homme marié qui clame sur tous les toits qu' une moralité exemplaire est essentielle.

— Lisette, oui, je suis conscient de ne plus avoir croisé ce député depuis un moment. Demandons à Eugène, il est au courant de la situation.

—Éveline, elle commande sur internet puisque les magasins non essentiels sont fermés.

La concierge se dit que sa voisine est jalouse et, en l'observant à la dérobée, elle constate des bourrelets, de nouvelles rides, madame Feuilly a vieilli et grossi. Lisette se regardera dans son miroir ce soir et se mettra sur la balance, car il lui semble avoir pris du poids. Oh, l'aiguille de la balance est déplacée, il manquera deux kilos, mais pas question de les rajouter, son moral en prendrait un coup.
La sonnerie se fait entendre à plusieurs reprises, la concierge
s' empresse d'ouvrir la porte et, stupéfaction, madame Wath ceinte d'un masque rose, se tient devant elle .
—Bonjour, chère madame Frelon, je viens m'enquérir de votre santé et vous présenter mes respects les plus humbles. Éveline Feuilly éclate de rire, la concierge l'imite, madame Wath est stupéfaite, mais qu'a-t-elle dit qui ne convenait pas ?
—Lisette, vous pouvez vous exprimer normalement. Je suis guérie de ma phobie du beau parler et je le dois à nos chers hyperconnectés.
Madame Wath reste bouche bée, puis elle rajoute :
—Bonjour, madame Frelon, comment allez-vous ?
—La concierge lui offre un siège, puis une boisson que la dame choisira fraîche puisqu' il fait chaud, nous sommes au mois de juin.

Éveline dévisage la tenue de la voisine, ses yeux la trahissent, elle est jalouse, mais comment peut-elle s'offrir des habits aussi coûteux ? Évidemment, c'est le vieux qui paye, cela ne fait aucun doute !
—Lisette, vouliez-vous me demander un service ou autre chose ?

—Madame Wath non, je venais vous inviter, vous et les … hyper connectés et les autres, je désire faire la connaissance des résidents de ce charmant immeuble. Je vais vous proposer différentes dates je vous laisse mon e-mail, mon numéro de téléphone, vous l'avez déjà, il s'agira d'un apéritif dînatoire, pouvez-vous contacter les locataires ou propriétaires et par la suite me tenir au courant de la date que vous aurez choisie ?
La concierge se rengorge, son statut lui octroie des pouvoirs que le commun des mortels n'aura jamais, elle est certes guérie de sa phobie du beau parler, mais son ego a de beaux restes.
—La concierge, vous pouvez compter sur moi, madame. Je vais lancer les invitations en votre nom.
Puis la curiosité l'emportant sur sa discrétion légendaire, elle pose suavement une question
—Votre frère, on le croise plus, serait-il malade ?
La dame a enlevé son masque rose bonbon et répond :
Ce n'était pas mon frère, mais mon amant et mon voisin de palier, Monsieur Quito l'a abordé il y a environ un mois et je ne sais toujours pas comment il a su le nom de ce député. Tout ce que je sais, c'est qu'il l'a appelé par son nom et l'a salué. Il a affirmé

que le parti en marche, dont monsieur Wierth est membre, serait le meilleur qui soit et pour le narguer, il portait, je parle de monsieur Quito, un tee- shirt qui faisait l'apologie de l'extrême gauche.
Lisette et Éveline ont du mal à réprimer un fou rire, madame Wath s'en aperçoit et sourit à son tour.
—Suzette, il est diabolique, mais je lui dois des remerciements, depuis ce jour, mon ex-amant ne veut plus me rencontrer à mon domicile, il me propose sa maison de campagne. J'ai tout à fait pris conscience qu'il n'était qu'un lâche et j'ai préféré rompre.
—Au fait, vous êtes tous des hyper connectés, pouvez-vous m'expliquer en quoi cela consiste et si je puis y adhérer moi aussi.
Le regard condescendant dont les deux HPI gratifient leur voisine est impossible à décrire.
—Madame Frelon, je vous explique que nous sommes des gens à part, à notre âge, nous avons réussi l'exploit de comprendre le langage informatique. Nous avons tous pris des cours à Cyber Plus, dont mon fils adoptif (de cœur) est le responsable.
—Éveline Feuilly renchérit :oui, nous avons acheté un ordinateur chacun, et, depuis nous correspondons journellement entre nous, le papier fait partie du passé.
— Lisette continue, monsieur Quito affirme haut et fort que nous sommes des HPI (haut potentiel intellectuel) tantôt, il nous fera passer un test et nous aurons droit à un diplôme, qui attestera de notre supériorité intellectuelle.

La voisine ne sait vraiment pas quoi répondre ; ils sont tous un peu timbrés, dans cette résidence. Elle connait beaucoup de personnes âgées qui manipulent l'ordinateur sans pour autant se considérer comme hyper connectées. Elle joue le jeu et se montre admirative devant les prouesses informatiques de ses voisines.

—Madame Wath j'avais remarqué que vous étiez plus intelligente que la moyenne, votre regard ne trompe pas, vos yeux reflètent une pensée peu commune et que vous soyez HPI ne m'étonne absolument pas.

Les dames Frelon et Feuilly sont ravies :décidément, cette voisine est loin d'être sotte,elle a compris que les résidents de la rue du Rivoli ne sont pas des gens ordinaires, peu s'en faut.

—Madame Wath, je vais vous laisser et je compte sur vous, madame Frelon, pour faire part aux hyper connectés et aux autres de l'invitation que j'ai lancée.

—Appelez-moi Lisette, Denis, le coach, de cyber plus sera-t-il invité lui aussi ?

—Madame Wath, certainement.

27 Madame Wath aime le disco

Le lendemain de bonne heure, puisque notre brave concierge lustre la rampe d'escalier tout en guettant les bruits des appartements et les conversations s'il y en a, croit rêver.

L'appartement de madame Wath serait en voie de devenir la discothèque de la résidence du Rivoli.

Soudain, de la musique disco à gros ronflements jaillit par les interstices de la porte. Lisette a failli se trouver mal tout de même le matin à huit heures, alors que certaines personnes (Sophie Ruffaut) se reposent et récupèrent d'une journée harassante.

Ne souriez pas : la vie d'une chômeuse professionnelle n'est pas de tout repos. Croyez-moi, nous en parlerons un peu plus loin.

La concierge s'approche de la porte et tend l'oreille, elle entend des pas lourds (ceux d'un éléphant lui semblent plus légers) des sauts qui vont faire tomber le plafond c'est certain et une voix au timbre nasillard qui reprend ou qui essaye d'imiter les paroles de la chanson. Nous sommes dans les années 90, je le précise.

Des pas furtifs ouatent les marches d'escalier en faux marbre. Il s'agit de Sophie Ruffaut, qui mettra vingt bonnes minutes pour arriver haletante au premier étage.Eugène Quito est plus réactif, il sort de chez lui avec son perroquet sur l'épaule gauche, ce dernier est content, il sait qu'il va se passer des choses intéressantes.

– Eugène, mais c'est quoi cette folle après son emménagement digne du Big Bang ? Quelle est sa dernière fantaisie ?

Il sonne furieusement, mais apparemment, la voisine n'entend pas, sur ce, monsieur Tunod masqué à merveille, entre dans la résidence, il a ses deux baguettes rituelles, l'une pour Sophie et l'autre pour ses besoins personnels.

– Alain, c'est quoi, ce raffut ? Les voisins sont à leurs fenêtres ; on se croirait à une kermesse !

– Lisette, Éveline Feuilly à ses côtés, répond pragmatique: Madame Wath sourde apparemment, écoute de la musique disco et je crois bien qu'elle danse.
Mesdames Winch et Buiron ne se montrent pas, Rose et Phil non plus, la couturière a beaucoup de travail et le peintre a rejoint Denis le coach. Par contre, un Dariant enfin l'époux équipé comme un astronaute qui irait sur mars (masque gel un grand flacon, des gants, un bonnet) survient sans crier gare, de sa voix nasillarde : il exige des explications.
– Mon épouse est souffrante et ce boucan infernal ne lui permet pas de prendre du repos (pauvre femme qui a dû louper des bons de réduction sur le net et ne s'en remet pas, il faut toujours

rétablir la vérité);
—La concierge, cher monsieur Dariant, nous essayons de joindre madame Wath, mais cela n'est guère possible, elle ne répond pas au bruit qu'émet la sonnette.
— Monsieur Dariant, il faut employer la manière forte, faites venir la police.
— Eugène, vous n'y pensez pas, nous allons régler cet incident en interne, pas de scandale dans cette honorable résidence. Madame Frelon se redresse de toute sa largeur, Évelyne Feuilly en fait autant, afin de marquer leur mépris à l'encontre de ce locataire dont la remarque était plus que déplacée.
Sophie enfin ! En chemise de nuit, les cheveux hirsutes, les yeux lourds d'un sommeil inachevé, et, ah ! les pantoufles, j'allais les oublier, achèvent le portrait matinal de la diva.
Alain donne sa baguette à sa voisine qui le remercie d'un sourire las. Pour Sophie, se lever à huit heures du matin est au-dessus de ses forces, et qui plus est, elle est réveillée par une folle qui se croit en discothèque !
— Eugène, cette dingue n'entend pas la sonnette, nous allons devoir forcer la porte
— Alain, attendez ! Lisette, avez-vous un double des clés des résidents ?
— La concierge, dans son rôle préféré, oui, Alain, je vais chercher ce trousseau de clés. L'urgence de la situation me permet d'employer la méthode forte. Un gros trousseau de clés impressionnant ! Malheureusement,

la danseuse de la rue du rivoli a laissé sa clé sur sa porte, que faire ?

– Eugène va sans mot dire chercher l'outil adéquat qui délogera cette clé pernicieuse, après plusieurs essais la porte s'ouvre et le spectacle est saisissant :

Madame Wath en bermuda et en tee-shirt moulant danse et saute comme un cabri, ses cheveux sont maintenus par un bandeau rouge et à ses côtés, Bouly le caniche s'éclate visiblement, il saute, il aboie frénétiquement pour le plus grand bonheur de sa maîtresse. Bonheur de courte durée, car les hyper connectés et un autre pénètrent dans l'appartement Eugène sans se faire prier éteint l'ordinateur qui diffusait cette musique disco que n'écoutent que les personnes d'un âge certain.

Madame Wath est interloquée

–Comment osez-vous vous introduire chez moi ? C'est un délit, le savez-vous ?

– Ah oui, répond sans tiquer Eugène. Votre musique s'entend non seulement dans toute la résidence, mais les immeubles voisins en profitent également. N'avez-vous donc aucun sens commun ?

– Sophie, tirée d'un sommeil réparateur, était furieuse, pour une fois, elle sort de ses gonds.

– Sophie, vous nous avez tous réveillés avec votre musique infernale ;

— La concierge précise, enfin certaine, car moi, je me lève de bonne heure, mais notre Sophie est fragile, elle a besoin de repos .
Les hyper connectés et l'autre hochent la tête afin d'approuver les dires de Lisette.
Lisette allait continuer, la parole docte et sage ne peut venir que d'une concierge hyper connectée.
Mais à ce moment-là, Eugène voit un appareil acoustique posé près de l'ordinateur, il s'en empare et le tend à madame Wath qui s'en équipe l'air gêné.
—Lisette, je disais donc que votre musique disco est hors limite (hochement de tête des hyper connectés et de l'autre) et que vos pas de danse ont la grâce d'un éléphant qui s'ébat dans la jungle, madame Wath ! Vous ne pouvez pas vous comporter ainsi, voyons !
Sur ce, la voisine fond en larmes : je suis seule, je n'ai que Bouly
Alors, tous s'apitoient
— Éveline, ne pleurez pas, ce n'est pas grave, vous mettrez votre appareil auditif la prochaine fois et pour danser, des chaussons au lieu de ces sabots inappropriés.
La concierge a bon cœur, d'ailleurs ; elle n'en veut pas aux hyperconnectés, sauf à monsieur Dariant, qui se tient à trois mètres de distance et qui récrimine :
— Monsieur Dariant, vous avez perturbé le sommeil de mon épouse qui ne se sent pas bien
— Monsieur Quito ricane surtout que le sommeil n'a pas de prix

Monsieur Dariant, dont le quotient intellectuel ne dépasse pas ou n'atteint même pas la moyenne, ne saisit pas l'allusion.
— Pour une fois, nous sommes d'accord
— Madame Wath découvre le personnage et demande : « C'est qui, cet astronaute ? »
— La concierge, le voisin du dessus, monsieur Dariant, qui est enchanté de faire votre connaissance.
— Monsieur Dariant hoche la tête de haut en bas, puis il remonte chez lui sous les regards amusés de l'honorable assemblée, avec son accoutrement, il porte des baskets fluo à l'instar d'un jeune, sans doute une promotion délirante sur le net comment y résister !
La voisine invite les résidents à déjeuner elle a confectionné, la veille, un gâteau aux amandes, une pure merveille.
Monsieur Dariant remonte chez lui en haussant les épaules. Tous ces inconscients n'ont même pas pris la précaution de porter un masque, et il n'y a pas la moindre trace de gel hydroalcoolique. Ils vont partager un petit déjeuner !
Alain Tunod offre sa baguette, Sophie fait de même et le petit déjeuner devient festif.
— Eugène trouve la voisine sympathique, il a une idée, mais avant il s'adressera à la reine mère madame Frelon.
Eugène, j'ai une proposition à vous faire : si nous introduisions madame Wath dans notre cercle intime, si elle le veut bien évidemment !
— Lisette, je demande avant votre approbation : vous êtes notre

mentor.
—La concierge, on se tutoie tous, as-tu oublié, cher ami ?

Notre adepte d'une langue française châtiée est dans une zone grise : elle ne se ridiculisera plus, mais elle emploiera à bon escient certains mots élégants de temps à autre, elle est fort satisfaite de sa décision.

—La concierge, si madame Wath le désire, elle est la bienvenue, nous formons presque une famille.

—Suzette, appelez-moi par mon prénom.

Votre proposition me touche réellement, je suis seule et un peu d'amitié serait bienvenue dans ma vie, mais je ne voudrais pas troubler votre cercle amical par ma présence.

—Éveline, aucunement d'ailleurs, à l'inverse, Lisette va informer par courriel le reste des hyperconnectés ainsi que le coach Denis. Notre concierge est une perle rare.

Lisette, toujours dans sa zone grise, cherche les mots appropriés afin de remercier sa voisine du compliment qu'elle vient de lui faire.

—La concierge, chers tous vous me voyez flattée de la confiance que vous m'accordez. J'essaye en toute simplicité d'être une concierge digne du rôle qui lui incombe.

Puis, s'adressant à Eugène, je te charge très cher de prévenir les HPI de la venue d'un nouveau membre dans notre communauté d'hyper connectés.

— Eugène se rengorge, il prend son rôle très au sérieux, il rassure la brave concierge, il préviendra le reste des hyper connectés et les autres ; car il faut avertir Denis, le coach, qui est le fils spirituel de cette charmante communauté. Suzette est intriguée : Lisette lui avait expliqué plus tôt le sens de « hyperconnectés », et elle aimerait bien en faire partie. Alors, innocente, elle pose la question.

— Que faut-il faire pour être appelée hyper connectée ? Je serais vivement intéressée ?

— La concierge, les hyper connectés et un autre se sentent l'âme bienveillante, évidemment, n'est pas hyper connecté qui veut et cette dame s'imagine pouvoir adhérer aussi facilement à leur association ?

— Monsieur Quito prend la parole, son ton est sentencieux, pourtant il veut utiliser un langage simple afin d'expliquer à Madeleine qu'il fallait faire ses preuves, tous approuvent par un hochement de tête ostentatoire.

— Suzette, quels arguments dois-je présenter ? Je suis prête, car je veux être considérée comme l'une des vôtres, ce serait un honneur pour moi.

— Lisette, êtes-vous capable de vous servir d'un ordinateur comme nous le faisons tous ?

— Suzette, oui, c'était mon métier, j'ai été durant quarante ans employée à la poste et j'avais un logiciel dont je me servais, je reconnais que je ne faisais guère de recherches sur internet.

Les hyper connectés (pas l'autre Alain Tunod) regardent leur voisine avec une nuance de pitié .

— Éveline, donc, vous avez uniquement travaillé sur logiciel et à part cela, en dehors de votre travail, faisiez-vous des recherches sur le web ?

— Suzette, j'avoue que mes distractions se limitaient à promener mon caniche Bouly et à danser comme vous avez pu vous en rendre compte.

Tous sourient, mais sans méchanceté.

— Alain, je me permets d'intervenir je ne suis pas un hyper connecté, mais la rue du Rivoli est ma deuxième famille, je propose que Madeleine prenne des cours à cyber Plus comme vous l'avez tous fait et, après son stage, elle aura le droit d'être une hyper connectée si vous êtes tous d'accord bien entendu !

Tous approuvent, l'idée est excellente. Madeleine est contente, désormais, elle fera partie de ce clan excentrique certes, mais si attachant.

— La concierge , Denis vient dîner ce soir (comme chaque jour) et je me fais fort de lui poser la question, aurait-il le temps de former une professionnelle des écrans ? Comme nous le sommes tous ici présents.

Le chœur donne son assentiment. Tout le monde se considère comme des virtuoses du web (sauf Sophie, qui ne ferait pour rien au monde de la peine à ses amis ; elle joue le jeu).

Les aboiements du petit caniche Bouly attirent l'attention générale. En effet Philléas, perché sur l'épaule gauche de son maître, se moque du petit chien.

—Philléas, Boule, bouboule (vous avez deviné, la perfidie qui se dégage de ces surnoms n'est pas due au hasard, mais aux bons soins de monsieur Quito). Ce dernier prend un air offusqué et corrige son bel oiseau, qui, comme vous le savez, refuse les changements et les déteste.
—Lisette, n'oublie pas, Eugène, de prévenir le curé Bernard, dimanche, nous irons manger au presbytère, chère Madeleine, mais il vous faudra assister à une messe et vous serez officiellement intronisée dans notre communauté.
Suzette est émue. Elle les remercie avec effusion et propose de les inviter à son tour, comme cela était prévu, mais, rajoute-t-elle, ce sera pour un repas digne de ce nom.
Bouly le caniche couleur crème est profondément vexé, il boude sa maîtresse, OUI, Philléas le perroquet l'appelle Boule ou Bouboule, c'est insupportable, le petit chien se vengera, il n' accepte pas cet affront.
Monsieur Quito, fort de son importance, prévient son petit monde, personne n'est oublié, mesdames Winch et Buiron, Denis le coach, Phil et Rose ainsi que monsieur le curé savent désormais que madame Wath, alias Suzette, passera tantôt des épreuves d'une importance capitale.
Denis, le coach, est ravi par les profs, il les a habilement refilées

au peintre. Ces dames prennent des cours de dessin par Skype et font les yeux doux à Phil, qui n'en a cure, ce qui compte pour lui est que ses élèves payent bien ce qui est le cas.

Suzette sera une élève facile, Denis sait qu'elle a un excellent niveau en informatique, mais, pour faire plaisir à ses nouveaux amis, elle joue la sotte.

28 Un peu d'exercice pendant la Covid

La période de la COVID détermine les kilos qui alourdissent les silhouettes de ces dames (sauf Sophie, mesdames Winch et Buiron) par contre, Éveline Feuilly a beau mettre entre elle et son méchant miroir un ou deux mètres de distance, les bourrelets disgracieux sont sans appel. Madame Frelon est boudinée dans ses fameuses robes à motifs fleuris, elle le sait même si Alphonse la flatte et lui assure qu'elle n'a pas pris un gramme. La balance, entité cruelle (allez, on recule l'aiguille de deux kilos), n'a pas de sentiment. Cette intelligence artificielle perverse ne se lasse pas de répéter, sur un ton victorieux, le poids de Lisette. Cela ne peut plus durer : le dimanche, on fait bombance rue du Rivoli. Et si, en semaine, on reprenait les exercices comme avant la COVID ?

La concierge décide d'envoyer un e-mail à ses hyper connectés elle leur proposera deux sorties par semaines dans le parc avoisinant leur résidence (le parc a rouvert ses portes récemment). Il faudra remplir cette insipide feuille de sortie dérogatoire instaurée par le gouvernement, deux heures et le nombre de personnes limité, on se mettra deux par deux et puis personne ne fera attention à nous.

Les e-mails tombent dans les boîtes qui n'attendaient que cela pour pouvoir se désennuyer. Tous approuvent l'initiative.

—Lisette,Suzette, fait partie du clan, bien entendu.

D'abord réunion à la conciergerie.

—Lisette, quel jour vous conviendrait-il ? Un soir de préférence

Dites-moi chers amis (toujours la zone grise)

Le vendredi soir à vingt heures l'emporte, le curé Bernard assistera aux débats en plus il fera la connaissance de la nouvelle locataire, car, dimanche dernier, le repas au presbytère n'a pas pu se réaliser, le curé était malade, il a eu des étourdissements et aux dires du bon docteur F… un excès de fatigue serait la cause de ce malaise, rassurez-vous pas de Covid.

Le vaccin est obligatoire, au bout de deux ans seulement il a été trouvé, normalement il faut dix ans, mais, dans l'urgence, les laboratoires se sont surpassés. Le profit n'est pas étranger à cette fébrilité.

La semaine prochaine, la rue du Rivoli a rendez- vous à la pharmacie, tous les résidents ont l'application anticovid sur leur smartphone.

Le fameux vendredi soir, arrive et, comme à leur habitude, chacun apporte quelque chose un dessert ou une bouteille de vin, nul ne porte le masque comme il se doit, par contre, tous sont équipés d'un gel hydroalcoolique. Ces gels sont posés les uns à côté des autres sur le buffet en noyer de la concierge il y en a une dizaine environ.

Pour une fois, le bon curé n'est pas en retard il lorgne les gâteaux selon un rite consacré, puis, galant homme se dirige vers les dames afin de les saluer, le reste de la société suivra. Denis, le coach et Phil sont absents, les profs accaparent le peintre et Denis a un nouveau client, un vieux monsieur charmant qui désire se perfectionner en informatique, vive Skype. Denis est salarié par cyber Plus, donc ses charmants collègues lui refilent un surplus de travail, je m'explique : les cas douteux ou avérés, compliqués sont envoyés vers Denis, le coach, qui est la patience incarnée.
Suzette est mise en avant par Lisette qui susurre :
–Bernard, puis-je te présenter (tous se tutoient, il était temps) notre nouvelle locataire, elle vient d'emménager tantôt, la brave concierge mesure l'effet produit par ses paroles, tous ont bien compris et la regarde, émerveillés.
–Bernard, je suis ravi de faire votre connaissance, chère Suzette, avez-vous la foi mon enfant?
– Suzette(athée à fond) trouve une réponse habile
–Vous m'en voyez honorée, monsieur le curé, je suis heureuse de vous connaître, j'ai entendu parler du bien que vous faites et de l'aide que vous apportez à vos paroissiens.
Au bout d'une heure de libations intenses, madame Frelon demande la parole.
–Chers hyper connectés (elle les englobe tous dans ce terme même, Alain, ce soir, on fera une exception), nous sommes réunis afin de discuter d'un sujet qui nous tient tous à cœur ;

pratiquer un sport nous avions pris de bonnes habitudes et ce méchant virus nous a tous perturbé. Je vous propose de reprendre nos séances de marches, qu'en pensez-vous ?

—Éveline oui, ce serait un bienfait, je crois que j'ai grossi…

—Tous protestent avec énergie, oh non, Évelyne, vous êtes toujours la même ,alors même que sa robe la serre aux hanches et à la poitrine.
Encouragée par cet élan de solidarité, Madame Frelon minaude à son tour
—La concierge, j'ai pris un peu de poids, oh! si peu, je pense que cela se voit.
Les hyper connectés et les autres (Suzette, future adepte et Alain Tunod) vous n'avez pas changé Lisette, mais quelle idée ! Alors que les robes à fleurs ont un mal fou à s'épanouir sur ses hanches rebondies et sur sa taille, qui n'est pas celle d'une guêpe.
—Tout de même je voudrais vous proposer des promenades dans le parc avoisinant la résidence, et ce, deux fois par semaine, seriez-vous d'accord ?
Tous opinent du chef, sauf monsieur le curé, que les obligations paroissiales retiendront au presbytère.
—Suzette, je propose que vous laissiez tous vos animaux de compagnie chez moi, ils feront connaissance, se tournant vers Eugène, vous, vous pourriez emmener Philléas, ce serait très

convivial.

—Eugène, tout d'abord chère Madeleine, nous nous tutoyons, ensuite mon perroquet a un caractère impossible, ses réactions ne sont pas prévisibles, je préfère le garder chez moi ; il aime regarder par la fenêtre (ce qu'il préfère avant tout) est le petit jeu qui consiste à repérer de futures proies, des passants dont il pourrait se moquer en les croisant dans la rue, posté sur l'épaule gauche de monsieur Quito.

—Marguerite, l'idée me semble bonne, nos animaux sont des modèles de sagesse, n'est-ce pas Alice ?

—Alice partage cet avis. Brutus (le chat) se conduit en frère aîné avec Ange, le petit chat, et il a adopté le caniche d'Alice, César. Brutus est le clone du perroquet Philléas, toujours à l'affût d'un mauvais coup à faire, mais il est vrai qu'il a pris son rôle de protecteur très au sérieux.

—La concierge, quel jour vous conviendrait, chers tous ?

Le mardi après-midi est mon jour de congé, seriez-vous d'accord pour que nous l'adoptions et en rajoutions un autre de votre choix ?

— Les résidents sont d'accord : ils ne veulent pas se promener sans leur mécène.

—Sophie, si nous choisissions le vendredi après-midi, ce serait sympa,

—Le chœur, on vote le vendredi après-midi, est accepté d'emblée.

—Rose te joindras-tu à nous ?

—Rose oui, je m'organiserais en conséquence, marcher me fera le plus grand bien.

La soirée se terminera tard, car, entre-temps, Denis, le coach et Phil arrivent plutôt satisfaits de leur journée, la concierge leur propose un petit encas et des desserts qui, pour une fois, ont de beaux restes. Denis fait le récit des profs amoureuses de Phil, dont le masque est tombé, les cheveux soigneusement coiffés et les lèvres peintes.

—Éveline, ce sont des cougars, elles cherchent des jeunes hommes à séduire.

—Phil, je résiste, c'est dur, je l'avoue

Tous de sourire, sauf Rose, qui n'apprécie guère que l'on raconte quoi que ce soit concernant les clients, le secret professionnel, il faut le respecter, elle en touchera deux mots à Phil.

29 Conciliabule entre animaux de bonne compagnie

Le jour où les hyper connectés, le mardi en l'occurrence, vont se promener dans le parc, Madeleine ouvrant grand sa porte à la gent animale. On voit arriver un Brutus hautain, un petit chat Ange qui fait l'innocent, un caniche César à la fourrure grise. Bouly le caniche crème, en hôte consciencieux, reçoit ses invités avec amabilité, il aboie afin de souhaiter la bienvenue aux nouveaux arrivants. César lui répond et Brutus fait un signe furtif à Ange pour que leurs miaulements soient de concert. Suzette fait ses dernières recommandations à son cher Bouly ils vont être séparés deux heures au maximum, la grande histoire, on croirait un départ en vacances.

Les résidents sont fins prêts, tous sont porteurs de leurs masques et brandissent avec ostentation un flacon de gel hydroalcoolique. Vous décrire l'image véhiculée par cette réunion de personnes déterminées à pratiquer un sport me paraît crucial.

La concierge arbore un masque dont les roses sont si nombreuses que l'on regrette presque les épines (l'effet serait encore plus saisissant)

Éveline Feuilly est sans aucun doute la seule à porter un masque

normal, le pastel lui va à ravir aux dires de son ami Léon.
Monsieur Quito a un masque aux couleurs du drapeau français, très peu discret.
Madame Frelon a choisi le masque de Rose où flottent des dés et des aiguilles le tissu rouge, cela va de soi.
Madame Winch est fière de son image, celle de Sainte Thérèse d'Ávila, sur un fond crème, et madame Buiron, quant à elle, s'enorgueillit d'un masque vert orné d'un petit panier en osier contenant trois chatons. Sophie et son masque décoré de petits cœurs rouges, tissu blanc, sourit béatement. Madame Wath arbore un masque fluo du plus bel effet.
Je reviendrai un peu plus loin sur la promenade à l'ère du covid pour l'heure je m'en vais vous conter le conciliabule qui a lieu en ce moment même entre les chats et les chiens de la résidence.
Le langage des animaux, vous connaissez ? Moi non plus, rassurez-vous.
—Bouly se présente, mon nom est Bouly et vous ?
Brutus s'avance et décline son identité, Ange fait de même, puis César le caniche gris.
—Bouly, soyez les bienvenus, mes amis, venez, je vous fais visiter l'appartement de ma maîtresse.
— Brutus apprécie le canapé d'angle dont la couleur verte lui convient parfaitement. Ange furète dans les coins sombres ; il raffole de cela. Il cherche des pans de mystère ; il a vu des films où des détectives chats se comportaient ainsi ; c'est du plus grand chic.

Brutus désespère de lui faire enlever ce toc et, après tout, il ne nuit à personne.

César fait la remarque suivante à Bouly, qui est le vice locataire de ce bel appartement :

—César vous êtes à l'aise, ces trois pièces sont bien assez grandes pour vous deux (lui et Madeleine)

—Bouly oh oui, je me plais en ce lieu .

Brutus se dit qu'il n'y a pas d'horloge vieille et qui sonne toutes les heures, comme chez Alice ;les montres sont modernes et ne font pas un bruit d'enfer pour annoncer l'heure suivant celle qui vient de trépasser, clone du perroquet Philléas il mijote un funeste projet en son for intérieur.

Suzette, en hôtesse prévoyante, a préparé de petits goûters pour ses invités, chacun y trouve son plaisir, il y a de l'eau et des écuelles de lait.

Bouly désire prendre la parole

—Écoutez- moi j'ai subi un affront, l'autre jour, le perroquet Philléas se moquait de moi et m'appelait Boule ou Bouboule j'en suis humilié.

Les trois compères sont outrés, un prénom, c'est sacré, on ne le déforme pas pour ridiculiser quelqu'un qui plus est un animal de compagnie.

— Brutus, ce perroquet est aussi roué que son maître, Eugène. Quito ne vit que pour faire de mauvais coups. Je suis à peu près certain qu'il est le professeur de Philléas.

—César je pense comme Brutus que le perroquet répète ce qu'on lui apprend.

Ange surprend tout le monde en prenant la parole, ne trouvez-vous pas étrange que Philléas ne soit jamais présent aux repas que donnent les résidents ? Nous y sommes bien nous.

—Brutus, tu as raison, depuis la dernière sortie d'Alice, je me suis trouvé mal et je me suis accroché au rideau du salon qui est tombé, notre maîtresse ne veut plus nous laisser seuls dans notre appartement.

—César, tu es aussi rusé que le perroquet, mais sans méchanceté le rideau te déplaisait, avoue.

Brutus sourit en biais et ne dit rien.

—Bouly, je vais faire l'innocent et, dès que je serai en présence de Philléas, je lui ferai des démonstrations d'amitié de sorte que Madeleine voudra me faire plaisir et demandera à monsieur Quito d'emmener son perroquet lorsque les hypers connectés iront se promener dans le parc.

—Brutus nous lui demanderons des comptes, il devra demander pardon à Bouly pour lui avoir manqué de respect.

—Eugène avant tout, avez-vous vos attestations de déplacements dérogatoires ?

Tous répondent par l'affirmative

—Eugène, marchons deux par deux en ayant l'air de rien, soyons naturels comme nous savons si bien le faire.

—Lisette, j'ouvre la marche avec Évelyne, Eugène, ayez la bonté de fermer la marche.

Les quelques passants, masqués et pressés, s'amusent beaucoup en voyant déambuler ce groupe hétéroclite.

—Un monsieur âgé à sa compagne, c'est un défilé carnavalesque ou je me trompe ?

Les automobilistes klaxonnent avec entrain et on entend les invectives suivantes :les trolls vous allez chez les Schtroumpfs ?

Nos hyper connectés sûrs d'eux dédaignent ces remarques venant de profanes incultes ils atteignent le parc et, finalement, deux par deux, on n'y songe plus.Leur conversation n'a rien de très intellectuelle. Le repas de dimanche au presbytère est très attendu, chacun apportera quelque chose en principe un dessert ou un petit cadeau pour la gouvernante de monsieur le curé.

—Suzette, il faudra assister à la messe, et moi, je suis non croyante, c'est ennuyeux.

—Eugène, rassurez-vous, la seule qui ait un peu de religion est

Marguerite Winch (il baisse la voix). Lisette entend la remarque.

—Et susurre : en tant que concierge de la résidence huppée dont je suis la responsable, je pratique et j'ai la foi les dimanches où je me rends à la messe. Je mets dans la corbeille dix euros (avant de le mettre dans ladite corbeille, notre brave concierge brandit son billet en lorgnant ses voisins du banc de messe) pour s'assurer que tous aient vu le geste généreux de la concierge de la résidence de la rue du Rivoli. Sophie ne s'inquiète guère en ce moment : béni soit la covid le Pôle emploi ne l'ennuie pas puisque la plupart des gens font du télétravail.

—Rose, Sophie, j'ai beaucoup de travail, des retouches à faire, serais-tu capable de faufiler un ourlet ou de repasser un vêtement, cela me soulagerait, je demanderais à ma maison de couture de te donner quelque chose en argent.

Sophie est prise au dépourvu, le mot travail la terrifie, elle est allergique à tout effort d'autre part gagner quelques sous lui ferait le plus grand bien.

—Sophie, ce serait combien d'heures par semaine ?

—Rose par jour, deux trois heures, mais comme je te l'ai dit, ma maison de couture va te faire un mini contrat et tu travailleras avec moi.

Sophie pâlit deux à trois heures quotidiennement, mais c'est affreux.

Il lui faudra se lever aux aurores à huit heures du matin, son état de léthargie chronique n'y résistera pas.

—Sophie je ne pense pas être la bonne personne, Rose

Rose connaît fort bien sa copine, elle sait que Sophie déteste le mot travail, donc elle va employer d'autres mots.
— Rose, tu as du talent avec tes mains. Tu auras un petit revenu. Pôle emploi saura que tu as trouvé un emploi. Si cela te convient, viens seulement les après-midis.
Notre chômeuse se sent revivre, elle vient d'avoir la peur de sa vie. Deux à trois heures en faisant de courtes pauses-café c'est supportable.
–Asseyons-nous sur ce banc, propose Évelyne, nous pourrons discuter tranquillement.
À peine assis les uns à côté des autres sur deux bancs sans respecter les deux mètres de distance ; franchement, cela aurait été ridicule, une personne par banc, et comment communiquer, sinon avec un haut-parleur, je vous le demande !
Donc, les hyper connectés (et la future adepte) allaient baisser leurs masques, et se désinfecter les mains avec le fameux gel hydroalcoolique qui ne les quitte jamais, survient un jogger qui halète bruyamment, il stoppe net devant le spectacle qui s'offre à ses yeux ébahis
–Le policier, vous vous croyez au cirque ? Je n'ai encore jamais vu de masques plus voyants et je vous signale que vous êtes en infraction, vous ne respectez pas les deux mètres de distance entre vous.
Sur ce, il reconnaît monsieur Quito qui vient d'enlever son masque
–Ah, je vous reconnais, vous m'avez bien eu en vous servant de

votre perroquet...

—Eugène sent que la catastrophe arrive. Il se dirige vers le policier et, à voix basse, lui demande de garder le secret. « Je viendrai au commissariat pour vous raconter tout. »
Le policier d'un naturel curieux acquiesce.
—Demain à neuf précise, je vous attends, au fait, emmenez votre bel oiseau.
Sur ce, il reprend sa course, les résidents de la rue du Rivoli se regardent et éclatent de rire.
—Suzette, quel tour lui avez- vous joué, Eugène, je vous connais bien à présent et comment avez- vous réussi à le calmer ?
—Eugène, pas grand-chose. J'ai passé devant le commissariat et j'ai eu envie de saluer mon vieil ami, le commissaire Berand. Mais il a pris sa retraite et je l'ai ignoré. J'ai donc inventé une histoire farfelue où une dame d'un certain âge m'a importuné avec ses avances incessantes, et j'ai déposé une main courante. Demain, nous boirons un café ensemble, il m'attend au commissariat à neuf heures.
Sophie sursaute désagréablement, elle vient d'avoir la peur de sa vie, je pense que vous comprenez.
Deux personnes d'un certain âge se promènent, masquées jusqu'aux dents, gantées, et chacune porte autour du cou un flacon de gel hydroalcoolique. En voyant les résidents de la rue du Rivoli, la dame s'exclame :

–La dame: Robert, le cirque Pidert vient de s'installer, regarde, les clowns sont là devant nous !

— Robert, ne raconte pas n'importe quoi Gervaise, à propos de la Covid, les spectacles sont annulés, les cinémas sont fermés, alors un cirque, tu penses !

Eugène a entendu la réflexion de Gervaise, il fait signe à Sophie et à Madeleine, qui comprennent très vite ce qu'il faut faire, les trois lurons se mettent à chanter et à danser en imitant le comportement des clowns dans un cirque. La dame est enchantée, son mari agacé au plus haut point, à la fin du spectacle improvisé, Eugène tend la main, Gervaise ravie lui donne un billet de dix euros .

Robert agite l'index droit à l'encontre de monsieur Quito qui lui fait une révérence. Le mari empoigne sa chère moitié et les deux promeneurs s'en vont à grands pas.

— Lisette, elle, n'est pas HPI. Quelle sotte, vous les avez bien eus, bravo !Les résidents applaudissent avec fracas.

–Suzette, les HPI sont rares, vous savez

La communauté des hyper connectés se redresse, oh ! Ils le savent bien, le commun des mortels n'a pas leur niveau intellectuel.

–Éveline, nous le constatons chaque jour :les gens ne comprennent rien. Par exemple nous sommes dans une ère particulière où l'ordinateur gère tout, êtes-vous d'accord avec moi ?

Tous hochent la tête avec hauteur.

—Éveline le papier n'a plus d'importance et, pourtant, je reçois encore du courrier postal j'ai beau demander au facteur de se moderniser, il me regarde d'un air ahuri et part précipitamment.

J' irai à la poste tantôt leur donner mon avis sur le fait que le papier existe seulement.

—Alice Buiron, je suis de ton avis, Évelyne, mais les habitudes sont tenaces.

—Marguerite Winch : à la paroisse (siège du curé Bernard) les fidèles seraient perdus sans leur missel ou leurs chants imprimés dans un recueil.

—Sophie, nous sommes à un tournant, le papier subsistera encore un bon moment et un jour, il sera complètement remplacé par la technologie moderne.

— Lisette, nous sommes des lanceurs d'alerte. J'ai vu une émission, hier : ce sont des incompris, comme nous.

—Eugène, lanceurs d'alertes peut- être pas, mais des avant-gardistes certainement. (les ordinateurs existent depuis des décennies)

—Voilà une heure que nos grands sportifs ont pris leurs quartiers sur deux bancs, Marguerite propose timidement de marcher un peu.

—Éveline, mais certainement, nous sommes des HPI, mais également des sportifs.

La promenade dure une bonne heure sans rencontrer âme qui vive, vous l'avez deviné, le sport cela creuse, alors Évelyne a tout prévu chez elle, oh, une légère collation comme d'habitude.

Le lendemain, Eugène se prépare, il se rend au commissariat, mais auparavant, il a fait la leçon à Philléas les répétitions se sont multipliées jusque tard dans la soirée ,allez on y va.

—Au commissariat, monsieur Quito décline son identité, puis il demande à parler au policier de garde.

On le fait patienter dans une salle dite d'attente où quelques personnes sont assises sur de méchants sièges.

La voisine d'Eugène, une dame la cinquantaine bien tassée, déploie tout son charme (ce qui lui reste) afin d'attirer l'attention de monsieur Quito.La dame est brune corpulente de taille moyenne et outrageusement fardée, ses vêtements sont au dernier cri, Eugène se lève et va s'assoir un peu plus loin.

—La dame, je vous fais peur.

Son éblouissant sourire dévoile des dents trop bien alignées : elle porte un dentier, c'est clair

—Eugène non, je mets deux mètres de distance entre nous, c'est le règlement (tous ont enlevé leurs masques ou du moins rabaissé ce dernier.)

Monsieur Quito se dit que la femme est certainement en manque d'argent et cherche un vieux riche de préférence pour agrémenter son quotidien.

Un jeune homme style yankee se balance sur sa chaise en psalmodiant des paroles de chanson incompréhensibles, plus loin un monsieur la quarantaine passée, bien mis lit le figaro ; il tient son journal de manière à ce que le nom soit bien visible par tous ; le Figaro.

Eugène de plus en plus mal à l'aise en butte aux œillades de cette aguicheuse susurre quelques mots à Philléas

—Philléas cocot cocot cocot,toi

La dame sursaute, votre perroquet vient de m'insulter.

—Eugène jouant l'ahuri, mais ce n'est qu'un perroquet, il ne sait pas ce qu'il dit …

À ce moment-là, la dame est appelée afin de présenter sa requête au policier de service, elle sort telle une furie et on entend des vociférations aiguës.

Innocemment, Eugène sort de la salle dite d'attentes, son perroquet sur l'épaule gauche, en le voyant, la dame l'invective.

—Votre perroquet m'a appelée cocotte, je vais déposer une main courante.

—Le policier, madame, puisque je vous dis qu'il est impossible de déposer une main courante contre un animal.

La dame oublie ce pour quoi elle était venue et claque la porte.

du commissariat.

—Le policier, c'est encore un de vos tours, je parie (il a du mal à cacher son sourire) décidément, puisque vous êtes là, explique-vous au sujet de l'autre jour, vous m'avez bien eu, je veux savoir, parlez;

—La dame me draguait ouvertement, enfin mon portefeuille, car mes charmes sont surannés, elle trouvera bien un con qui tombera dans son panneau.

Eugène raconte et, pour une fois, il est sincère au fur et à mesure de son récit, le policier hoche la tête et à la fin, il admet :

—Vous êtes un sacré malin, diabolique et manipulateur, mais vous avez du talent, je le reconnais.

Eugène a une idée et s'il invitait le policier à déjeuner le dimanche en quinze, il ferait la connaissance de tous les hyper connectés, ce serait un moyen de se faire pardonner, il demande la permission au policier de passer un coup de fil urgent à la concierge.

—Eugène, j'aimerais inviter le policier que nous avons croisé au parc hier, pour dans quinze jours, c'est mon tour d'inviter les hyper connectés(et les autres)

—Lisette, quelle bonne idée ! vous avez mon aval. (*La zone grise ne pas oublier.*)

Le policier est célibataire et l'invitation lui fait plaisir.

Philléas se manifeste sur l'ordre discret de son maître.

-cheneal pas cocu

—Le policier, aussi roué que son propriétaire, non, petit démon, le général n'est pas cocu, il vit en solitaire.

Monsieur Quito a tant à faire qu'il oublie d'ennuyer les Dariant on ne peut pas être partout, n'est-il pas vrai ?

Demain est un grand jour, le vaccin ! tous les résidents de la rue du Rivoli ont rendez-vous à la pharmacie.

30 Le vaccin Astrazeneca, je vous prie

De bonne heure, neuf heures du matin, Sophie ne s'en remet pas, son air hagard, sa démarche de somnambule donne à penser que la jeune femme aurait passé une nuit de beuverie, ce qui n'est pas le cas.

Tous les résidents concernés par le fameux vaccin sont présents, sauf monsieur Tunod, Phil et Denis, un travail des plus urgents les absorbe totalement, je vous donnerai les explications voulues un peu plus loin dans le récit. Monsieur le curé a pu se libérer.

Lorsqu'ils poussent la porte de la pharmacie, nos hyper connectés font sensation, les masques attirent l'attention des clients subjugués par leurs excentricités.

Madame Frelon porte un masque où les roses, de nombreuses couleurs rouges, bien évidemment, sont un poème à elles toutes seules. Madame Feuilly arbore un masque discret couleur pastel.

Sophie a opté pour un masque décoré de cœurs rouges, Rose lui en confectionné plusieurs (comme pour les autres résidents) de différentes couleurs. Monsieur Quito et son masque aux couleurs du drapeau français a le vent en poupe. Madame Buiron et son masque où de petits chats miaulent tendrement est très fière des regards qu'elle attire.

Madame Winch, timide, porte un masque à l'effigie de Ste Thérèse d'Avila. Monsieur Frelon et ses cannes de pêche provoquent quelques rires discrets.

La concierge arbore un masque dont les roses sont si nombreuses que l'on regrette presque les épines (l'effet serait encore plus saisissant)

Éveline Feuilly est sans aucun doute la seule à porter un masque normal, le pastel lui va à ravir aux dires de son ami Léon. Monsieur Quito a un masque aux couleurs du drapeau français, Très peu discret.

Madame Frelon a choisi le masque de Rose où flottent des dés et des aiguilles, le tissu rouge, cela va de soi.

Madame Winch est fière du sien, l'image de Ste Thérèse d'Avila sur fond crème, magnifique, madame Buiron s'enorgueillit d'un masque vert où trône un minuscule panier en osier avec trois chatons. Sophie et son masque décoré de petits cœurs rouges, tissu blanc, sourit béatement. Madame Wath porte un masque avec des bouquets de fleurs voyants, elle a voulu ressembler à ses nouveaux amis et être aussi excentrique qu'eux.

Alphonse Frelon laisse sa femme décider pour lui, donc Lisette opte pour un masque avec une canne à pêche. Rose et son masque avec des dés à coudre se sent un peu gênée, mais comment se soustraire au choix de la concierge dites-moi un peu Monsieur le curé fait sensation avec son masque sur lequel sont brodées des cierges et des petits anges. Il faut préciser que les paroissiennes sont habiles de leurs mains et, ont confectionné au bon curé de la paroisse ste Marie, une demi douzaine de masques tous plus truculents les uns que les autres.

Monsieur le pharmacien vient saluer, affable, ses futurs adeptes. du vaccin AstraZeneca ,il a du mal à réprimer un fou rire, ces hurluberlus sont trop drôles, les clients de la pharmacie sont mis de bonne humeur par le spectacle qui s'offre à eux, ils en oublient leurs maladies.

S'adressant à madame Frelon, le pharmacien adopte un ton sentencieux : il se souvient de la dernière phobie de sa cliente (le bon parler, l'usage de la langue française dans toute sa splendeur) mais il ignore sa rémission.

—Monsieur, chère cliente, vous me faites l'honneur de visiter ma bien modeste pharmacie, je vous en sais gré, ces chaises offrent-elles le confort que vous méritez ?

Le vaccin se fait attendre quelque peu, mais soyez rassurée, nous avons suffisamment de doses pour vous être agréables. Les hyper connectés se regardent, puis éclatent de rire, cependant la brave concierge rougit et ne sait quoi répondre à son interlocuteur.

Alors, Eugène se prend au jeu du pharmacien et se met à parler le français châtié.

Il veut aider Lisette et surtout amuser la galerie et confondre monsieur Dotra

—Eugène, cher monsieur Dotra, nous sommes ici céans afin de recevoir des soins particuliers.

Le pharmacien est sidéré lui aussi, mais est-ce une épidémie ?

—Certainement, monsieur Quito, je vous demanderai de patienter quelques moments, car, comme vous pouvez le constater, nous avons une nombreuse patientèle qui désire se faire vacciner.

—Sophie prend la relève, si vous n'y voyez pas d'inconvénient, nous profiterons de ces charmants fauteuils qui nous tendaient aimablement les bras, nous sommes totalement épuisés.

—Monsieur Dotra tant qu'il vous plaira, chère madame

—Rose, je suis d'une nature délicate et je crains de me trouver mal : les piqûres sont mon point faible, auriez des sels à me faire respirer le cas échéant ?

—Monsieur Dotra est embarrassé, ces résidents sont des gens particuliers, allons dans leur sens.

—Monsieur Dotra, chère madame, n'ayez aucune crainte, nos pharmaciens sont des personnes compétentes et, si jamais vous deviez vous sentir mal, soyez rassurée, nous nous occuperons de vous comme il se doit.

— Éveline,, je souhaiterais faire un bilan de santé. Vos conseils sont les bienvenus. Où pourrais-je m'adresser, Monsieur Dotra ?

—Le pharmacien, vous êtes au bon endroit, chère madame, nous nous empresserons d'exaucer votre demande lorsque vous aurez eu le vaccin.

— Madame Buiron ne veut pas être en reste. J'ai des palpitations qui me causent une réelle gêne et j'ai des vapeurs. Possédez-vous, cher monsieur, un remède efficace qui combatte mes maux chroniques ?

—Le pharmacien, bien entendu, chère madame, et je vous ferai la même réponse qu'à votre respectable voisine, si vous le voulez, bien après la première dose de votre vaccin, nous en discuterons ensemble.

Marguerite Winch, la timide, la dame effacée, prend la parole.

—Marguerite, je suis nerveuse, mon sommeil s'en trouve perturbé. Quels judicieux conseils pouvez-vous me donner, docteur ?

—Chère madame, je vous ferai la même réponse qu'à vos, charmantes voisines, après avoir reçu votre première dose d'AstraZeneca, nous discuterons ensemble des remèdes à apporter à vos maux.

—Madame Wath: j'ai des palpitations aiguës, docteur, pouvez-vous me trouver un remède ? Je suis une angoissée chronique.

— Pour terminer, monsieur le curé, je souffre d'une légère hausse de tension. Faut-il que j'adopte un régime draconien, ou puis-je me permettre quelques écarts (il parle de nourriture, évidemment) ?

—Le pharmacien n'est pas sot, en fait, il vient de comprendre le piège dans lequel il est sottement tombé, il éprouve de l'admiration pour ces hyper connectés, ces originaux, ils ont du cran .

Monsieur Dotra, nous verra cela ensemble, monsieur le curé.

Bien entendu, une fois les vaccins reçus par un assistant onctueux, les hyper connectés se reposent le temps réglementaire, mais ne s'attardent pas,ils prennent la poudre d'escampette.
Une fois dehors, Lisette remercie ses voisins pour l'aide apportée.
−Eugène, nous n'avions pas l'intention de te laisser dans une situation embarrassante et nous allions répondre tous.
−Oh oui, Lisette
Sophie invite ses amis à boire un café chez elle, tous se regardent et pensent la même chose : une âme charitable devra impérativement s'occuper du service, vous connaissez la lenteur de Sophie ?
Une fois tous installés ou affalés sur le canapé moelleux, c'est selon, Éveline et Lisette prennent tout en main malgré les faibles protestations de la locataire des lieux.
−Évelyne, Sophie, tu viens de recevoir une injection du vaccin AstraZeneca ,tu es de santé fragile, repose-toi ma puce.
On discute des effets indésirables dudit vaccin, chacun y va de son témoignage alors la crainte d'avoir des ennuis de santé s'installe insidieusement.
−Monsieur le curé est optimiste, Dieu nous protégera.
Madame Winch priera la vierge ce soir et elle priera pour tous les hyper connectés, qui la remercient avec effusion.

Il est bien connu que, dans les moments difficiles, les bons catholiques se tournent vers la religion, qui seule saura les sauver.

Madame Wath ressent quelques palpitations, déjà ! Les autres se portent comme un charme, pour l'instant, nous verrons demain si le thermomètre restera au beau fixe.

31 Formation de Suzette

Suzette, sous l'œil vigilant de la concierge, prend des cours d' informatique avec Denis le coach, et ce, afin d' intégrer la communauté très fermée des hyper connectés .
Madame Wath reçoit Denis chez elle ,mais, durant une heure point d'informatique, on joue au scrabble ;étant informaticienne de métier, la nouvelle locataire n'a nul besoin de cours, mais elle veut complaire à ses voisins et préfère passer pour une ignorante plutôt que de les blesser. Denis, Le coach, comédien consommé fait un compte rendu à sa chère maman d'adoption Lisette.
—La concierge, alors comment progresse Suzette?
—Denis, elle, a du mal, cependant, elle veut tellement faire partie de la communauté des hyperconnectés qu'elle y arrivera.
—Lisette j'en suis sûre, cependant, on lui fera tous ensemble passer un test, une sorte d'examen final, es-tu d'accord, Denis ?

—Denis, c' est une excellente idée, mais je ne vais pas encore lui en parler afin de ne pas l'effrayer.
Le jour arrive enfin, les chers voisins sont installés chez Évelyne, qui dispose de chaises très confortables, monsieur le curé et Phil ont été sommés de se libérer pour assister à l'épreuve que subira Suzette.
Cette dernière sait parfaitement jouer la comédie, elle arrive l'air apeuré chez madame Feuilly, de suite, tous les hyper

connectés confirmés la rassurent.

La concierge affirme que Suzette réussira le test.
Denis, le coach, prend un ton professoral pour bien montrer le rôle qui lui incombe.
—Denis, l'examen peut débuter: qui pose la première question à Suzette ?
Tous les regards se tournent vers Lisette, une concierge a droit à des égards que le commun des mortels n'aura jamais.
—Lisette, ma question est la suivante: Suzette cherche un site de mode des vêtements de luxe, n'importe lequel.
Notre apprentie internaute se trompe, puis, triomphante, trouve un site de vêtements de luxe.
—Éveline prend la suite, cherche le site de la marque de chaussures B.
Suzette trouve assez facilement le site en question.
—Sophie, trouve un site de rencontre.
Suzette fait semblant de chercher, puis, victorieuse, elle brandit le nom du site Amour.com évidemment.
Je vous fais grâce des questions suivantes qui sont toutes dignes d'un écolier, Suzette réussit son examen d'entrée chez les hyper connectés, tous donnent leur avis qui est positif, notre internaute « apprentie » rougit de plaisir.
Bien entendu, il faut fêter l'événement, tout a été prévu, les gâteaux sont abondants, crémeux à souhait sans omettre la tarte Tatin de Sophie.

—La concierge ce test est essentiel, tous ici présents, avons suivi une formation à Cyber Plus et Denis nous a éduqués avec gentillesse, mais avec fermeté.

—Denis le coach, avec des élèves aussi doués, la tâche m'a été facilitée.
Les hyper connectés se redressent fièrement, ils savent qu'ils sont au-dessus du commun des mortels, mais ils restent simples (avec un peu de condescendance, tout de même pour ceux qui ne savent pas se servir d'un ordinateur).
Sophie est maligne, elle a fouillé le net et sait à présent que Suzette occupait un poste d'informaticienne, elle trouve la situation des plus cocasses et se promet d'en parler à Denis, le coach qui, bien évidemment, était au courant.

32 Les statues grecques

Denis, le coach secondé par Phil, le peintre, continue à donner des cours d'informatique à distance, à ceux qui savent manipuler un ordinateur ;les autres attendent avec patience la réouverture de cyber Plus.

Les profs acariâtres, vous vous souvenez,sont toutes les trois amoureuses du beau peintre ,la soixantaine passée ces dames sont veuves ou non jamais été mariée pour l'une d'entre elles et prendre des cours de peinture par Skype est excitant.

Lucette est toujours intéressée par la peinture contemporaine, il faut reconnaître qu'elle a un certain talent et ne se prive pas de s'en vanter.

Mariette préfère la peinture abstraite ; ses tableaux sont si étranges que Picasso lui-même ne s'y retrouverait pas. Phil a beau tourner le tableau virtuel dans tous les sens, il ne voit pas ce qu'il représente, et cela l'indiffère. Mais il doit gagner sa vie. Alors qu'il se montre hypocrite, l'homme complimente l'artiste pour sa création maîtresse. La dame, flattée, propose de lui offrir son œuvre. Phil est pris à son propre piège et, pour se débarrasser au plus vite de la peintre talentueuse, il invente une excuse en disant que cette œuvre devrait être exposée dans le salon de la dame.

La troisième prof Émilie est d'une nullité à faire pleurer, mais elle l'ignore et c'est tant mieux, Phil sait que tous les cours du monde n'y changeront rien alors, il flatte Émilie et l'encourage à peindre ses natures mortes (qui le sont vraiment), il se demande en voyant ces horreurs si elle reproduit la fin du monde, car la végétation semble à l'agonie, on a l'impression que le big bang pour la première fois dans l'histoire de l'humanité a été reproduit sur la toile.

Les ennuis de Phil le peintre sont loin d'être terminés ,mais oui, figurez-vous que ces dames que l'âge démange ont eu une révélation, je vous en dévoile la teneur. Un soir en se pâmant sur la mythologie grecque, Emilie s'identifie à la déesse grecque Éos, déesse de l'aurore,mais oui, ses traits purs, ses ridules à peine visibles et son port de reine;tout la désigne comme la digne réincarnation de cette déesse.

Elle scrute son miroir et découvre des similitudes avec la déesse grecque de l'aurore Eos : le teint clair diaphane, les yeux bleus, son éternel sourire à l'effigie d'une rose à peine éclose (je précise que la dame ne veut pas voir la réalité : ses rides, son sourire artificiel qu'elle plaque sur ses lèvres épaisses en toute circonstance afin de séduire la personne qui s'adresse à elle. Pour ma part, je parlerais de rictus).

Donc, notre déesse contacte ses deux amies en leur proposant l'idée reluisante de poser pour un tableau que notre talentueux peintre figerait pour l'éternité sur la toile.

Mariette se voit bien en Artémis, déesse de la chasse.

Lucette est absolument persuadée d'être la réincarnation de Séléné, déesse de la pleine lune et grande amoureuse .

Nos ravissantes icônes décident de commander sans attendre des tuniques gracieuses et élégantes, ces dernières sont accompagnées d'un cordon à nouer élégamment autour de la taille.Des tuniques vaporeuses , pas transparentes, mais tout de même !
Les tissus sont en lin et de couleurs différentes. Éos, déesse de l'aurore, opte pour du bleu ciel, Artémis, déesse de la chasse, choisit une couleur de feu et Séléné, déesse de la pleine Lune, sera vêtue de jaune.
– Nous allons surprendre Phil, suggère Emilie. Il sera ravi, car sa galerie d'art est toujours fermée.
La joie du peintre déborde quand il apprend que les trois harpies veulent poser chacune en déesse grecque. Il en a assez de ces trois profs qui n'acceptent pas leur âge ni leur poids. Mais il se raisonnera, l'argent lui manque actuellement. Rose travaille beaucoup pour subvenir aux besoins du couple, il lui est pénible de constater que les ventes de tableaux ont chuté depuis la Covid et sa galerie d'art est toujours fermée.
Denis, le coach, est aux anges, il s'amuse ferme, Phil ne lui en veut pas, il comprend, la situation est des plus cocasses en effet.
Émilie débutera les poses (par Skype bien sûr) demain, jour J
Rose rit des déconvenues de son compagnon, dès que les affaires reprendront normalement, Phil se fait fort de se débarrasser des trois déesses, il veut retrouver sa galerie de

peintre et s'occuper de la vente de ses tableaux .
Emilie débute, elle s'est apprêtée avec soin, elle porte une tunique bleu ciel diaphane (pas transparente, heureusement) nouée à l'aide d'un cordon.La déesse grecque s'est maquillée discrètement un fard léger du rose à lèvres , elle a mis en valeur ses yeux bleus grâce à un fard dont l'effet est magique.Ses cheveux sont entremêlés de roses rouges .Phil le peintre a failli se trouver mal en voyant son modèle sur l'écran de l'ordinateur. Denis le coach, salue avec mille courbettes la déesse Éos,cette dernière se sent flattée .
—Bonjour Phil et Denis, j'aimerais prendre la pose, comment la concevez-vous ?
Phil n'y avait pas pensé, en plus, la mégère prend la pose !
—Denis, prompt à trouver les solutions, propose à la dame de se tenir bien droite et de lever élégamment le bras droit en tenant dans sa main une rose.Emilie est enthousiaste. La séance débute, mais au bout d'une demi-heure, notre déesse montre des signes de fatigue, évidemment, car lever le bras, ne pas bouger, sourire, tout cela est fatigant.
Éos fac-similé demande une pause, puis elle désire reprendre la séance le lendemain matin , Phil est satisfait, il n'en espérait pas tant.
—Emilie, mon amie, la déesse grecque Artémis va prendre le relais, nous nous sommes mises d'accord si vous avez le temps, Phil, bien entendu.
Le peintre pour vous, le temps ne compte pas, charmantes

dames.

Emilie minaude décidément. Ce peintre serait l'homme qu'il lui faudrait pour accompagner ses jours, il est plus jeune. Et, actuellement, ce n'est plus un problème, en haut lieu on nous donne l'exemple, n'est-il pas vrai ?

Quelle idée de se mettre en couple avec une diseuse de bonne aventure, où a-t-il la tête?Les hommes sont si faibles devant de belles manières et un joli minois.

Notre déesse n'a pas de miroir chez elle, ou du moins elle ne le consulte guère, car si elle se voyait comme la déesse de l'aurore ! La tunique bleu pâle peine à cacher ses bourrelets de graisse, son visage est ridée et la peau craquèle sous l'épaisseur de fard blanc,sans parler de ses pieds ,elle chausse du quarante alors, imaginez les sandales légères qui la font passer pour Berhe aux grands pieds !

Une pause avant d'attaquer la deuxième session, Dienis et Phil s'amusent.

—Denis, tu peux me remercier, si je lui ai suggéré de lever le bras, c'était pour qu'elle se lasse plus vite, ce qui s'est produit.

— Phil, je te remercie, mais les trois d'entre elles ont accepté le prix que je leur ai imposé, donc je n'ai pas à me plaindre.

La suivante est la déesse de la chasse Artémis, lorsque le peintre voit la prof transformée en déesse de la chasse, il ne peut s'empêcher d'être pris d'un fou rire . Denis le coach lui fait de grands signes afin qu'il se calme , la dame ne doit en aucun cas se rendre compte du ridicule de son accoutrement.

En effet, cette Artémis ne ressemble à rien à l'originale. Mariette porte la fameuse tunique en lin couleur de feu et une cordelette nouée nonchalamment autour de la taille ; l'ennui est que les bourrelets de graisse sont mis en évidence et la déesse grecque a l'air d'un hippopotame, se dit Phil.
– Mariette, vous riez, Phil, pourquoi ?
Le peintre se reprend et donne sa version
–Je suis subjugué par l'élégance de votre tunique et vous êtes la réincarnation même de la déesse de la chasse Artémis, voilà pourquoi je suis si heureux de constater cette similitude.
Phil n'est pas gêné, il joue de son charme et Mariette est persuadée que le compliment de son mentor est dû à l'émerveillement qu'il éprouve à la regarder.
La pose est déjà prise, notre déesse tient à bout de bras un arc où s'emboite une flèche, elle se tient droite, la tête penchée légèrement vers la gauche , les yeux lancent des flammes et ses pieds sont chaussés des mêmes sandales que portent les deux autres déesses .
Denis tient à saluer Artémis, il s'incline profondément et fait un baise-main virtuel à travers l'écran de l'ordinateur.
La prof est charmée, ces deux jeunes hommes sont adorables et si... on voit cela plus tard, je suis une belle femme et nombreux sont mes soupirants .
Artémis s'est munie d'une perruque noire striée de fils dor.

Dans sa chevelure elle a eu l'idée de piquer de petits arcs miniatures. Le tableau est désopilant : une grosse déesse, il faut bien le dire, qui frôle le ridicule. Phil a du mal à ne pas rire, alors, il sourit tout le temps de la pose.

Une pause et nos deux larrons en prenant soin de fermer l'ordinateur peuvent se moquer à satiété.

—Phil, je me demande où ces folles ont la tête à leur âge, c'est pitoyable.

—Denis, elles vieillissent et voient passer les ans sans faire de rencontre, elles en meurent d'envie ,tu sais quoi ? On va les filer à Rose, puis elles iront consulter Sophie, la marieuse de la rue du Rivoli.

—Phil, excellente idée, de l'argent, elles en possèdent et, comme elles ne savent pas quoi en faire, on va les orienter dans les bonnes directions.

La troisième candidate, si je puis dire, se nomme Lucette, elle se réincarne en Séléné déesse de la pleine Lune et grande amoureuse .

Le peintre s'attend au pire et, finalement, il se trouve que la troisième prof est la plus raisonnable, elle est mince, ce qui facilite les choses.Elle porte une tunique jaune nouée à la taille par un cordon, sa tunique est courte, et ne cache pas ses jambes à varices (elle a enlevé ses bas spéciaux) aux pieds les sandales que vous connaissez ; ses cheveux sont teints en blonds (comme d'habitude,rien de changé), elle a piqué avec grâce de petites étoiles dorées dans ses cheveux courts.

Le tableau est plutôt plaisant par rapport au visuel de ses deux amies.Lucette est assise sur une chaise haute, elle croise ses jambes ,oui, mais on voit avec précision les varices .

Phil refuse cette pose , elle aurait dû acheter une longue tunique comment n'y a-t-elle pas pensé ? se dit le maestro, il demande à son modèle de s'allonger sur le sofa qui se trouve à proximité et de prendre une pose élégante et décontractée .

La dame s'exécute et Phil fera abstraction de ses varices, il ne lui en souffle mot, bien entendu. Pour aujourd'hui, les séances sont terminées, il faudra quelques semaines pour achever les trois tableaux ,tant mieux, le peintre a des commandes et l'argent va rentrer quelque peu.

33 Les hyper connectés seraient HPI

Madame Frelon cherche à démontrer à son cercle social que les résidents de la rue du Rivoli, qui sont très connectés, font partie d'une élite intellectuelle, en d'autres termes, ils seraient des surdoués. D'accord, mais il faut des preuves. Denis, le coach, est chargé de trouver un site où les épreuves sont à leur niveau, dit la concierge.

—Nous avons un excellent niveau en informatique, sauf Suzette, qui débute les tests se doivent d'être compliqués.

Denis, conseillé par Suzette, va créer un site bidon ,les questions simples posées avec habilité donnant l'illusion de la complexité.

Le jourJ arrive, tous les hyper connectés se sont réunis chez Éveline Feuilly ; elle s'est proposée se sentant importante et investie d'une mission sacrée à l'instar de madame Frelon qui rassure Suzette .

—N'ayez pas peur, vous réussirez comme nous tous, vous aurez plus de difficultés, voilà tout.

— Suzette, heureusement que vous êtes là ; sans vous, que ferais-je ?

Tous les hyper connectés ont apporté leur ordinateur portable et sont sérieux et attentifs.

Denis les oriente vers le site HPI et veille à ce que chacun ait les questions préparées par Madeleine et le coach, en tout, il y a vingt questions, le top départ est donné et nos internautes réfléchissent profondément sur les réponses à donner. Le temps qui leur est imparti, deux heures environ, mais, vu la facilité avec laquelle nos hyperconnectés répondent au questionnaire, une heure sera suffisante.

Les questions sont habilement tournées et déroutent quelque peu certains hyperconnectés, mais, dans l'ensemble, tout va bien, même Suzette s'en sort plutôt bien, d'après les coups d'œil furtifs que lui lance Lisette.

Denis le coach sonne la fin de l'épreuve, l'internaute peut voir ses résultats en cliquant sur un lien (bidon lui aussi), il obtient immédiatement le score qu'il a réalisé. Sans vous étonner, tous nos hyper connectés ont réussi brillamment le test, tous sont donc considérés comme HPI et fiers de l'être. Dorénavant, à leur palmarès ils pourront ajouter le statut de HPI.

Comme à chaque occasion, les locataires de la rue du Rivoli fêtent et, aujourd' hui est un jour des plus importants, Rose la cartomancienne couturière a passé le test, elle aussi, Phil le peintre a prétexté un travail urgent à finir, en l'occurrence les tableaux de ses déesses profs .Tous ont apporté, soit un gâteau, soit du vin, soit une tarte (la fameuse tarte Tatin de Sophie) des chocolats et l'on se congratule mutuellement.

— La concierge, bravo, Suzette, vous voyez les progrès que vous avez accomplis en notre compagnie !

—Suzette, grâce à vous, je sais me servir correctement d'un ordinateur à présent.

—Monsieur Quito, oh je savais bien que nous avions le grade de HPI, nous manipulons l'ordinateur avec dextérité et peu de personnes sont aussi calées que nous.

—Alice Buiron surenchérit, je partage ton opinion, cher confrère, nous avons du mérite, qu'en penses-tu, Marguerite ?

— Marguerite Winch, timide, ne sait quoi répondre. Elle rougit et dit :

—Oui, le Seigneur nous accorde la grâce du savoir.

— La concierge, nous sommes des personnes à part. Notre quotient intellectuel est supérieur à la moyenne des gens. Je vais d'ailleurs imprimer le test et les résultats et les afficher sur la porte de la conciergerie.

—Eugène Quito, quelle bonne idée, puis se tournant vers les autres HPI, il leur propose d'imprimer leurs tests respectifs et les résultats et de l'encadrer afin que les visiteurs puissent se rendre compte du degré d'intelligence de la personne en face d'eux.

Denis le coach et Suzette ont du mal à se retenir, c'est drôle, mais il ne faudrait pas que quelqu'un leur explique la supercherie.

Alors, Suzette prend la parole.

—Mes chers HPI, nous avons tous réussi un test difficile en apparence, mais habilement tourné, nous nous en félicitons, mais je vous conseillerais la prudence et la discrétion.

Car, il y a tellement de jaloux.N'encadrez pas vos tests, rangez-les dans un tiroir,montrer sa supériorité aux autres n'est jamais bon ,soyez modestes, vous savez ce que vous valez.

—Sophie, j'approuve Suzette (la maline a flairé quelque supercherie, il lui suffit d'observer la gêne de Denis et de Suzette).

—Éveline Feuilly a bien réfléchi. C'est vrai, nous ferions trop de jaloux en affichant notre supériorité et notre intelligence. La discrétion est de mise.

Rose qui n'est pas sotte, flaire également quelque magouille

—Rose en discutant avec nous, les gens se rendront très vite compte de notre supériorité mentale.

—Monsieur Quito, ce n'est pas notre faute si notre quotient intellectuel est plus élevé que la moyenne, dire que nous étions HPI depuis notre naissance et nous l'ignorions !

—Marguerite Winch propose que reprennent les exercices de chants liturgiques ce dimanche lors du repas qu'elle organisera.

—Marguerite, notre curé Bernard, nous fera le plaisir de partager ce repas amical .

— Suzette, la Covid est en train de diminuer. Les médias la

présentent comme une grippe sans grande importance. Néanmoins, prenons des précautions. J'aimerais vraiment faire partie de la future chorale Ste Marie.

Les hyper connectés HPI applaudissent, leur chorale verra le jour oui, ils ont fait de sérieux progrès dans leurs vocalises les fausses notes sont moins évidentes. Le curé est plutôt satisfait des progrès accomplis sous la houle de sa fervente paroissienne Marguerite Winch.

Après la COVID, tout sera possible. Pourquoi ne pas envisager des vacances ensemble, une croisière, qui sait ?

Le tome trois des Élucubrations d'une concierge se termine, mais il y aura une suite.

Les Élucubrations d'une Concierge Alsacienne, Madame Wath

Tables des matières

1 Les hyper connectés page 5

2Miss Ruffaut page 8

3Les autres locataires page 16

4 Le méchant virus page19

5 Les masques,le journal interne page 22

6 Le gel salvateur page 31

7Malaise de monsieur Quito,les Dariant page 35

8 Denis,les profs page 37

9 Rose coud les masques page 38

10 Emménagement de Phil et de Rose page 42

11Échange de perroquets page 45

12 Déménagement de Rose page 50

13 La nouvelle locataire page 58

14 Monsieur Quito et madame Wath page 65

15Monsieur Quito,Philléas et le commissariat page72

16Déjeuner des hyper connectés et des autres page 81

17Madame Frelon et le beau langage français page84

18La pharmacie et ses interdits page89

19 Le député Monsieur Wierth et l'Ultragauche page 92

20 Madame Winch,madame Buiron adopte un petit chien page 95

21Madame Frelon et notre belle langue française page98

22Monsieur Quito lanceur d'alerte page103

23 Stratégie mise au point par les résidents page 109

24Thérapie de choc page 114

25 Didier le coach,Phil le peintre page 118

26 Madame Wath page 123

27 Madame Wath aime le disco page 128

28 Un peu d'exercice pendant la covid page 139

29Conciliabule entre animaux de bonne compagnie page 145

30 Le vaccin Astrazeneca,je vous prie page 159

31 Formation de Suzette page 166

32Les statues grecques page 169

33 Les hyper connectés seraient HPI page 177